DER TANZ DER JUNGFRAU

EIN MILLIARDÄR - LIEBESROMAN

MICHELLE L.

INHALT

Melde Dich an, um kostenlose Bücher zu erhalten   v

	Klappentext	1
1.	Kapitel Eins	4
2.	Kapitel Zwei	10
3.	Kapitel Drei	18
4.	Kapitel Vier	22
5.	Kapitel Fünf	30
6.	Kapitel Sechs	35
7.	Kapitel Sieben	41
8.	Kapitel Acht	47
9.	Kapitel Neun	55
10.	Kapitel Zehn	63
11.	Kapitel Elf	83
12.	Kapitel Zwölf	95
13.	Kapitel Dreizehn	102
14.	Kapitel Vierzehn	112
15.	Kapitel Fünfzehn	121
16.	Kapitel Sechzehn	127
17.	Kapitel Siebzehn	132
18.	Kapitel Achtzehn	138
19.	Kapitel Neunzehn	144
20.	Kapitel Zwanzig	145
21.	Kapitel Einundzwanzig	151
22.	Kapitel Zweiundzwanzig	159
23.	Kapitel Dreiundzwanzig	165
24.	Kapitel Vierundzwanzig	173
25.	Kapitel Fünfundzwanzig	178

Melde Dich an, um kostenlose Bücher zu erhalten   181

Veröffentlicht in Deutschland:

Von: Michelle L.

© Copyright 2020 – Michelle L.

ISBN: 978-1-64808-164-4

ALLE RECHTE VORBEHALTEN. Kein Teil dieser Publikation darf ohne der ausdrücklichen schriftlichen, datierten und unterzeichneten Genehmigung des Autors in irgendeiner Form, elektronisch oder mechanisch, einschließlich Fotokopien, Aufzeichnungen oder durch Informationsspeicherungen oder Wiederherstellungssysteme reproduziert oder übertragen werden. storage or retrieval system without express written, dated and signed permission from the author

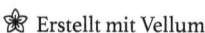 Erstellt mit Vellum

MELDE DICH AN, UM KOSTENLOSE BÜCHER ZU ERHALTEN

Möchtest Du gern Inspiriert und andere Liebesromane kostenlos lesen?

Tragen Sie sich für den Michelle L. Newsletter ein und erhalten Sie ein KOSTENLOSES Buch exklusiv für Abonnenten indem Du diesen Link in deinem Browser eingibst:

https://BookHip.com/DGKWKF

Inspiriert: Ein Navy SEAL Liebesroman

Inspiration kann so befriedigend sein ...

Sobald diese Traumerscheinung aus dem Auto ausstieg, wusste ich, dass ich sie haben könnte, wie ich mir das vorgestellt hatte.

Volle Titten, ein runder Arsch und Hüften, an denen ein Mann sich festhalten konnte, machten sie perfekt für meine Vorhaben.

Sie hatte keine Ahnung, was gleich mit ihr passieren würde. Ich würde sie zu dem machen, was ich brauchte – meiner

Therapie. Dann könnte ich den Kopf freibekommen und wäre wieder produktiv.

Sie dachte, dass sie gekommen wäre, um einen amerikanischen Helden zu interviewen, aber in Wirklichkeit war sie für mich da. Ich musste sie ficken, bis ich wieder einen klaren Kopf hatte.

Ich verschwendete keine Zeit damit, ihre Fragen zu beantworten und fragte sie dann gleich ein paar von meinen eigenen, zum Beispiel, ob sie gerne eine bisschen mein Gesicht reiten würde...

https://BookHip.com/DGKWKF

Du erhältst ebenso KOSTENLOSE Romanzen-Hörbücher, wenn Du Dich anmeldest

Es hat mich selbst überrascht, aber jetzt kann ich nicht aufhören, an ihn zu denken.

KLAPPENTEXT

Pilot Scamo. Weltberühmter Fotograf. Milliardär. Umwerfender, herrlicher Mann. Gebrochener Mann. Er ist fast doppelt so alt wie ich, aber ich habe noch nie eine so starke Verbindung gespürt ... Ich spüre sie überall, in meinem Herzen, meinem Kopf und meinem Körper. Es ist elektrisierend, wenn er mich berührt, küsst und leidenschaftlich liebt. Er ist berauschend und alles, was ich jetzt will, ist, ihn zu halten, zu schützen und zu lieben. Aber wie? Wir haben beide eine dunkle Vergangenheit und so viele Menschen gegen uns. Ich werde um dich kämpfen, Pilot, auch wenn es mich alles kostet ... Ich werde um dich kämpfen ...

In der erbarmungslosen Welt des zeitgenössischen Balletts ist die junge Tänzerin Boheme Dali eine der Besten. Boh ist die erste indisch-amerikanische Prinzipaltänzerin einer großen Ballettkompanie in New York und verbirgt ihre tragische Vergangenheit, während sie unermüdlich daran arbeitet, Primaballerina zu werden und die ganze Welt zu erobern.

Was sie nicht erwartet, ist, sich zu verlieben. Als der weltbekannte Fotograf Pilot Scamo, der Erbe eines riesigen Vermögens, in ihr Leben tritt, findet sie in ihm einen Seelenverwandten und einen kreativen Partner, der seinesgleichen sucht.

Eine leidenschaftliche, sinnliche Affäre beginnt, als Boh und Pilot an einem Projekt arbeiten, das ihnen Beifall und Ruhm einbringt. In seinem Zentrum aber stehen zwei traumatisierte, gebrochene Menschen, die gemeinsam etwas Wunderschönes entdecken.

Bald haben es dunkle Mächte auf das glückliche Paar abgesehen und eine Reihe tragischer, schrecklicher Ereignisse droht, ihr Glück zu zerstören. Kann die Liebe von Boh und Pilot alle Widerstände überwinden, sodass sie zusammen ihr Happy End finden?

New York City
September

Sie stand auf dem Dach und blickte auf den Strom aus Diamanten und Perlen unter sich – die Scheinwerfer und Rücklichter der Autos in den Straßen Manhattans. Sie gefiel der Anblick der fließenden Lichter, die sie an die flackernden Theaterscheinwerfer, wenn sie tanzte, erinnerten.

Ihre Füße strichen an der Betonmauer entlang, die das Dach umgab. Es war so leicht gewesen, hierher zu kommen. Sie lächelte. Normalerweise würde sich ihr Bauch verkrampfen und ihre Beine zittern, aber nicht heute Abend. Nein, heute Abend war eine wichtige Aufführung und sie war bereit. Sie stand *en pointe*, bereit loszutanzen, sobald die Musik in ihrem Kopf zu spielen begann.

Glissade, jeté, pas de bourrée, brisée. Entlang der Mauer zur hinteren Ecke des Gebäudes. Sie hatte es wegen seiner besonderen Bedeutung für sie ausgewählt. Für *ihn*. Sie hätte in das Hauptquartier der Ballettkompanie in Tribeca gehen können, aber nein, dieses Gebäude war ihre Wahl für ihre letzte Vorstellung.

In diesem Gebäude, drei Stockwerke unter ihr, fickte *er* seine neueste Hure. Sie zählte – es war seine sechste seit der Scheidung, seit er sie mit nichts zurückgelassen hatte. *Zur Hölle mit dir, Kristof.* Sie hatte es genossen, den Brief in der *New York Times* zu veröffentlichen, in dem sie detailliert auf Kristofs missbräuchliches Verhalten, seinen Drogenkonsum und seine Seitensprünge einging. *Zur Hölle mit ihm und dieser Ballettkompanie.* Sie war die Primaballerina, sie würde *immer* die Primaballerina sein ...

Sie stand *en pointe* an der Ecke der Mauer, breitete anmutig die Arme aus, streckte ihre Finger perfekt und machte sich für ihren *grand jeté* bereit.

Den großen Sprung.

Sie lächelte, beugte die Knie und sprang.

1

KAPITEL EINS

NEW YORK CITY

Ein Jahr später

Pilot Scamo schloss die Augen und zählte bis zehn, während er darauf wartete, dass sein Handy aufhörte zu vibrieren. *Gib ihr nicht nach, geh nicht ran.* Zu seiner Erleichterung verstummte es und er atmete aus.

Als er aufschaute, sah er einen Tisch mit jungen Frauen, die ihn anstarrten und kicherten. Er lächelte sie an und einen Moment später wagte eine von ihnen, zu ihm zu kommen.

„Mr. Scamo?"

Er stand auf und gab der jungen Frau die Hand. „Hey." Sie wurde rot vor Vergnügen. Er posierte mit ihr für ein Selfie und unterschrieb auf ihrem Notizblock. Sie dankte ihm und ging zu ihrem Tisch zurück.

Er war an die Aufmerksamkeit gewöhnt. Sein Name war inzwischen in Promi-Kreisen aufgrund seines Könnens hinter der Kamera weithin bekannt.

Pilot Scamo, der Sohn eines italienischen Milliardärs und einer amerikanischen Feministin, war inzwischen fast vierzig, aber das Alter konnte seinem unglaublich guten Aussehen nichts anhaben. Intensive grüne Augen, olivfarbene Haut und eine widerspenstige Mähne wilder, dunkler Locken bedeuteten, dass Frauen – und Männer – sich zu ihm hingezogen fühlten und die Leute annahmen, dass er ständig Affären hatte.

Seine Ex-Frau war immer davon ausgegangen, dass er die Models und Promis fickte, die er für *Vogue* und *Cosmo* fotografierte, also hatte sie sich in ihrer fünfzehnjährigen Ehe selbst unzählige Liebhaber gesucht. Pilot? Nicht einmal. Er war Eugenie immer treu gewesen, auch als sie mit den Ehemännern ihrer Upper-East-Side-Freundinnen und dann *seinen* Freunden und Kollegen geschlafen hatte ... nicht einmal vor seinem ehemals besten Freund hatte sie Halt gemacht. Wally war betrunken und danach reumütig gewesen, aber Genie hatte Pilot ihren Betrug ins Gesicht geschleudert.

Ihre Grausamkeit war ihre Art gewesen, ihn zu lieben.

Aber selbst jetzt, drei Jahre, nachdem er endlich von Genie geschieden war, ließ sie ihn immer noch nicht los, verwendete sein freundliches Wesen gegen ihn und spielte das Opfer, wie es sich für eine wahre Narzisstin gehörte. Sie hatte verzweifelt versucht, sich an ihn zu klammern, und war stolz darauf gewesen, einen so schönen Mann zu haben und von allen Frauen beneidet zu werden.

Ihre Kokainsucht war außer Kontrolle geraten und nun befand sich die hagere Blondine in einer Art Krise. *Aber Gott sei mir gnädig, ich will nicht darin hineingezogen werden*, dachte Pilot jetzt. Er rieb sich die Augen und sah auf die Uhr. Nelly war natürlich spät dran. Seine alte College-Freundin, jetzt die Publizistin einer der angesehensten Ballettkompanien Amerikas, war unbeschwert, mochte Klatsch und Tratsch und war das genaue Gegenteil von Genie – die beiden Frauen hatten nie ein Geheimnis daraus gemacht, dass sie einander hassten, und so hatte er Nelly seit fast sieben Jahren nicht mehr gesehen. Als sie ihn aus heiterem Himmel angerufen und ein Mittagessen in der Franklin Street arrangiert hatte, war Pilot begeistert gewesen.

Jetzt sah er sie durch die Tür laufen. Ihre Messenger-Tasche stieß ein Glas von einem Tisch und ihr melodisches Lachen drang durch das Restaurant, als sie sich bei dem Kellner entschuldigte, der herbeieilte, um zu helfen. Pilot grinste, während er beobachtete, wie Nelly den jungen Mann bezauberte. Dann umarmte sie Pilot. „Hey, hübscher Junge, wie geht es dir?"

Pilot küsste ihre Wange. „Gut, danke, Nel. Schön, dich wiederzusehen."

Sie setzten sich und Nelly wickelte ihren Schal von ihrem Hals und musterte ihn. „Du siehst gestresst aus. Nervt dich die böse Hexe immer noch Tag und Nacht?"

Pilot musste lachen. Nellys Verachtung für Eugenie war beißend und urkomisch – zumindest wäre sie das gewesen, wenn sie damit nicht recht gehabt hätte. „Du kennst Genie."

„Leider." Nelly verzog das Gesicht. „Sie ist neulich bei einer Benefizveranstaltung der Kompanie aufgetaucht mit einem Kerl, der wie eine Miniaturausgabe von dir aussah."

Eine Woge des Unbehagens schoss durch Pilots Körper. *Im Ernst, Genie?* Sie war entschlossen, ihn auf Schritt und Tritt zu demütigen. Nelly bemerkte seinen Gesichtsausdruck und ihre Augen wurden weicher. „Hey, sie hat damit nur sich selbst lächerlich gemacht."

„Das hilft nicht." Pilot atmete aus und versuchte zu lächeln. „Aber lass uns wieder über dich reden. Es ist wundervoll, dich zu sehen, Nel."

Sie streckte den Arm aus und drückte seine Hand. „Dich auch, Pilot. Gott, du siehst jedes Jahr besser aus – wenn ich auf Männer stehen würde, würde ich dich von allen Seiten nehmen."

Pilot lachte schnaubend. „Von allen Seiten? Wie genau soll das funktionieren?"

„Du wagst es, mich infrage zu stellen?" Nelly grinste. „Wie läuft die Arbeit?"

Pilots Lächeln verblasste. „Schleppend. Ich habe eine Ausstellung im *MOMA*, deren Erlös der *Quilla Chen Stiftung* zugutekommt ... Grady Mallory hat sie mir angeboten, aber ich habe noch nichts. *Nichts.*" Er seufzte. „Ich verbringe meine Tage damit, in der Stadt herumzuwandern und zu hoffen, dass mir eine Idee kommt."

„Landstreicher."

Pilot lächelte. „Im Moment fühle ich mich tatsächlich so."

„Nun, ich kann dir vielleicht helfen."

Sie wurden vom Kellner unterbrochen, der ihre Bestellung aufnahm, ein gegrilltes Käse-Sandwich für Pilot und ein Blumenkohl-Tahini-Sandwich für Nelly, einer überzeugte Vegetarierin. Als Pilot an seinem Kaffee nippte, hob er erwartungsvoll die Augenbrauen. „Nun?"

„Die Kompanie steckt in Schwierigkeiten", sagte sie nüchtern. „Seit Oonas Selbstmord und dem Mist in der Zeitung über Kristof hat sich unsere finanzielle Lage bedeutend verschlechtert."

„Ich habe darüber gelesen ... Also stimmen die Anschuldigungen gegen Kristof nicht?"

„Oh doch." Nelly verdrehte die Augen. „Es ist alles wahr. Er ist ein Junkie und ein treuloses Arschloch, aber er ist auch ein genialer künstlerischer Leiter. Er könnte kein größeres Klischee sein, wenn er es versuchte, aber Oliver Fortuna ist fest entschlossen, an ihm festzuhalten."

„Wer ist Fortuna?"

Nelly lächelte. „Unser Gründer. Gott segne ihn, er ist wunderbar und sehr loyal." Sie seufzte. „Manchmal zu loyal. Wie auch immer, ich schweife ab. Wir haben Möglichkeiten diskutiert, unser Profil zu verbessern, ohne auf Kristofs Vergangenheit Bezug zu nehmen, und eine Ausstellung mit Aufnahmen unserer Tänzer von einem der besten Fotografen der Welt – dir – wäre ein guter Anfang. Wir arbeiten gerade an einer großen Produktion namens *La Petite Morte*. Kristof stellt dafür Ausschnitte aus erotischen Balletten mit dunklen Wendungen zusammen."

Pilot nickte, war aber nicht allzu begeistert. „Ich helfe gern, aber solche Fotoserien sieht man häufig. Erst vor Kurzem gab es etwas ganz Ähnliches."

„Warte, bis du unsere Tänzer siehst – es gibt ein oder zwei unter ihnen, die mehr als Ballett können. Das ist alles, was ich jetzt sagen werde, weil ich möchte, dass du deine Muse in unserer Kompanie findest. Pilot, du bist der Erste, an den ich dabei gedacht habe – ich kenne das Glitzern in deinen Augen, wenn du von etwas oder jemandem inspiriert wirst." Sie umfasste grinsend seine Wange. „Vertrau mir – du findest deine Muse in der *NYSMBC*."

SPÄTER, als er zu seinem Penthouse-Apartment zurückkehrte, dachte er über den Auftrag nach. Die *New York State and Metropolitan Ballet Company*. Er wusste sehr wenig über Tanz, aber Nelly leitete seit vielen Jahren die PR-Abteilung und er hatte gelegentlich die Aufführungen für sie fotografiert.

Kristof Mendelev war ein anderes Thema. Pilots Interaktionen mit dem Mann waren immer nur negativ gewesen – Mendelev war einer von Eugenies unzähligen Liebhabern und hatte damit angegeben, wann immer Pilot zu einer ihrer Veranstaltungen gekommen war. Er wusste, dass der ehemalige Balletttänzer von seinen Kollegen verabscheut wurde, aber wie Nelly gesagt hatte, war er ein Genie auf der Bühne. Kristof wurde von allen großen Ballettkompanien der Welt gefeiert und wusste, was er wert war.

„Er ist der Grund, weshalb wir Geldprobleme haben", hatte Nelly Pilot verraten. „Sein Gehalt ist sechsstellig, aber er muss sich jede Woche einem Drogentest unterziehen. Das ist die einzige Bedingung, die er erfüllen muss, um seinen Vertrag bei uns zu behalten. Bis jetzt hat er ihn immer bestanden."

Pilot hatte Nelly gesagt, dass er die Tänzer gern für die Kompanie fotografieren würde, aber er glaubte nicht daran, dass es der Schlüssel dazu sein würde, seine Inspiration freizusetzen. Als er nach Hause kam, überprüfte er seine Mailbox. Grady Mallory fragte, wie es ihm ging. Pilot löschte die Nachricht schuldbewusst. Eine Nachricht von seiner Mutter, Blair, die ihn bat, sie anzurufen. Drei von seiner jüngeren Halbschwester Romana, selbst eine aufstrebende Fotografin, und schließlich sieben Nachrichten von Eugenie, jede hysterischer als die vorige.

Gib ihr nicht nach. Ruf sie nicht zurück.

Pilot seufzte, ging seine Kontakte durch und drückte die Wähltaste. Nach einer Sekunde hörte er ihre Stimme – und lächelte. „Hey, kleine Schwester", sagte er voller Wärme und Liebe, „was gibt's?"

2
KAPITEL ZWEI

Boheme Dali schlug ihre Schuhe gegen die Steinmauer und versuchte, sie geschmeidiger zu machen. Sie dachte, sie hätte das letzte Nacht schon getan, als sie sie stundenlang gebogen und gedehnt hatte, aber wie immer bei neuen Spitzenschuhen waren ihre Füße nach nur einer Trainingseinheit übel zugerichtet.

Sie sah auf, als eine Frauenstimme ihren Namen rief, und lächelte. Grace Hardacre, eine der diesjährigen Gastkünstlerinnen, setzte sich neben ihr auf den Flur vor dem Studio. „Hey, Boh."

„Hey. Wie läuft es als Mentorin?" Grace unterrichtete die Nachwuchstänzer der Ballettkompanie, wenn sie nicht selbst auf der Bühne stand.

Grace lächelte. „Lexie ist unglaublich", sagte sie warmherzig, „und so wissbegierig. Sie versteht sofort, was ich meine, wenn ich ihr etwas erkläre."

Boheme lächelte. Sie erinnerte sich daran, wie es gewesen war, in der Ausbildung zu sein. Selbst bei ihrem Talent war ihr von ihrer Mentorin, der ehemaligen Primaballerina Celine Peletier, die jetzt eine hervorragende Lehrerin bei der Kompanie war, alles abverlangt worden. Sie hatte sie zu der Tänzerin gemacht, die sie heute war.

Grace wies auf ihre Schuhe. „Die eine Konstante im Ballett – schmerzhafte Schuhe. Neu?"

„Ja." Boheme verzog das Gesicht, als sie Blut an ihrem Zeh sah. „Oh Gott." Sie zog das Desinfektionsmittel aus ihrer Tasche.

Grace sah sie mitfühlend an. „Autsch."

Boheme zuckte mit den Schultern. „Es gehört dazu. Wie auch immer, was führt dich hierher?" Sie atmete tief ein, als sie die Flüssigkeit auf ihre Zehen auftrug.

„Der Idiot will mich wegen der Show sehen. Ich glaube, er will mich bei der Ballett-Auswahl auf seine Seite ziehen."

„Ah. Streiten sie sich immer noch wegen *The Lesson*?"

„Ja. Liz glaubt, dass es frauenfeindlich und zu gewalttätig ist, während Kristof sagt, dass genau das der Sinn des Sex-und-Tod-Konzepts ist, das ihm vorschwebt."

Boheme verdrehte die Augen. „Ich hasse es, das zu sagen, aber ich verstehe, was er meint." Sie beugte sich so weit sie konnte vor und blies auf ihre Zehen.

„Ich auch, aber Liz argumentiert, dass *Mayerling* oder *La Sylphide* die gleiche Thematik haben."

„Nun, sie hat recht, aber ist das nicht Sinn und Zweck dieser Show? Wir zeigen drei Ausschnitte aus drei verschiedenen Geschichten." Boh seufzte. „Okay. Wie auch immer. Es ist nicht so, als ob wir nicht viele tragische Ballette zur Auswahl hätten. Obwohl ich zugeben muss, dass ich erleichtert bin, nicht schon wieder *Romeo und Julia* machen zu müssen."

Grace kicherte. „Das hast du schon immer gehasst. Aber die Leute lieben es."

„Es ist keine Liebesgeschichte", sagte Boh, „es ist eine dumme Geschichte über hysterische Teenager."

„Kunstbanausin."

„Langweilerin."

Sie lachten beide und Grace half Boh auf die Füße. „Komm schon, lass uns etwas essen, bevor wir nach Hause gehen."

Boh und Grace teilten sich eine Wohnung in Brooklyn, seit sie beide ins *corps de ballet* aufgenommen worden waren. Jetzt, da sie hochrangige Tänzerinnen waren, hätten sie sich eigene Apartments leisten können, aber sie genossen es, zusammen zu wohnen, und sahen keinen Grund, es zu ändern.

Sie aßen in einem kleinen Diner auf dem Weg zur U-Bahnstation und lehnten sich aneinander, als der Zug sie nach Hause brachte. Der September und die Hitze des New Yorker Sommers waren schnell verblasst, und als der Herbst begann, fielen die Blätter und ein kalter Nordwind wirbelte durch die Stadt.

Zu Hause wartete bereits Beelzebub, ihr frecher Kater, darauf, dass sie ihn fütterten. Er lief zwischen ihren Beinen hindurch und jaulte, bis Boh eine Schüssel mit Futter auf den Küchenboden stellte. „Teufelsbraten", sagte sie liebevoll und kraulte seine Ohren, während er fraß.

Grace hatte eine Verabredung und nachdem sie eine Stunde lang das Badezimmer blockiert hatte, verabschiedete sie sich von Boh, die in ihrem Zimmer las. Nachdem Grace gegangen war, war es in der Wohnung still, und Boh genoss die Ruhe. Sie liebte es, allein zu sein, fernab von anderen Menschen. Die langen Übungsstunden waren bereits belastend genug für ihre introvertierte Seele.

Sie liebte das Ballett, abgesehen von der Öffentlichkeit, die es mit sich brachte. Boh war als Kind dazu erzogen worden, still zu sein und nur zu sprechen, wenn das Wort an sie gerichtet wurde. Als jüngstes von fünf Geschwistern war Boh oft von ihren nachlässigen Eltern vergessen worden, die nur Kinder hatten, weil es in ihrer indisch-amerikanischen Familie von ihnen erwartet wurde. Sobald sie sechzehn war, hatte Boh das

Geld, das sie durch ihren Nebenjob bei der örtlichen *Dairy Queen* angespart hatte, genommen und war in den Bus nach New York City gestiegen. Sie hatte auf den Sofas anderer Tänzerinnen geschlafen, bis sie in der Ballettschule aufgenommen wurde, und dann im Wohnheim gelebt, wo sie Grace getroffen hatte.

Boh, die jetzt ihr eigenes Leben hatte und deren Familie nur noch eine ferne Erinnerung war, war zufriedener denn je – abgesehen von einer Sache. In letzter Zeit litt sie ständig an Erschöpfung. Die Tage wurden zu Wochen, und letzte Woche war sie zu ihrer Ärztin gegangen. „Wahrscheinlich Anämie", sagte die Ärztin, „erblich bedingt. Zum Glück eine milde Variante, die sich gut behandeln lässt." Die Ärztin lächelte sie freundlich an, als sie ihre Notizen durchlas. „Ich kenne bereits die Antwort auf diese Frage, Boh, aber könnten Sie sich vorstellen, eine Auszeit zu nehmen?"

Sie hatten beide gelacht, aber gewusst, dass es unmöglich war. „Ich nehme Tabletten und esse, was Sie mir empfehlen, aber das ist alles, was ich tun kann. Ich werde mich so viel ausruhen wie möglich, versprochen", sagte Boh und die Ärztin musste sich damit zufriedengeben.

Boh stand jetzt auf, um sich ein Bad einzulassen. Ihre Introvertiertheit bedeutete, dass sie selten abends ausging und lieber zu Hause blieb, sich Filme ansah oder Bücher las. Sie und Grace kochten manchmal zusammen gesunde Gerichte nach Rezepten, die sie im Internet gefunden hatten, ansonsten aßen sie hauptsächlich Lachs oder Hühnchen mit gedünstetem Gemüse.

Trotz der Gerüchte über Essstörungen, die die Welt des Balletts heimsuchten, waren sie weniger verbreitet als angenommen und die *NYSMBC* hatte strikte Ernährungsvorschriften. *Fitte, gesunde Körper mit einem für Alter und Größe angemessenen Gewicht* lautete das Mantra. Wenn eine Tänzerin im Verdacht stand, eine Essstörung zu entwickeln, bekam sie drei Chancen, Hilfe dabei anzunehmen, sie zu besiegen. Wenn die Tänzerin nach drei Sitzungen mit der Kompanieberaterin nicht kooperativ war, wurde sie entlassen und in ein Behandlungszentrum geschickt. Die Vorsitzende der Kompanie, Liz Secretariat, eine ehemalige Primaballerina, setzte diese Regeln streng durch und knöpfte sich jeden Lehrer vor, der die Tänzerinnen dazu brachte, ihre Körperform infrage zu stellen.

Natürlich bedeutete das nicht, dass die Tänzerinnen übermäßig viel essen durften, aber als Boh jetzt ein großes Stück dunkler Schokolade auf einen Teller legte, um es zu genießen, während sie in der Badewanne lag, fühlte sie sich nicht schuldig. Sie nahm zwei ihrer verordneten Eisentabletten mit etwas Orangensaft und schnappte sich ihre alte Ausgabe der Kompanierichtlinien, die unter Taschenbüchern begraben war. Sie wusste nicht, ob sie ihre Krankheit melden musste, wenn es nichts Ernstes war. Sie wollte es lieber nicht tun. Es würde nur bedeuten, dass die Kompanie sie genau beobachtete, und darauf konnte sie verzichten.

Sie wünschte, Kristof, der künstlerische Leiter, würde sich entscheiden, welche Ballette aufgeführt werden sollten. Es machte die Proben anstrengend, wenn sie sechs oder sieben verschiedene Kombinationen zu sehr unterschiedlicher Musik trainierten. Alle Tänzerinnen hatten lädierte Füße, aber Kristof schien Boh härter zu fordern als den Rest. Während die anderen Tänzer Pause machten, befahl er Boh, Sprünge und grundlegende Schritte zu wiederholen, die selbst die Anfänger beherrschen.

Nach dem Training musste sie bleiben und er kritisierte jeden einzelnen ihrer Schritte und sie selbst. Boh war nicht empfindlich und filterte den Unsinn automatisch heraus, um sich auf das zu konzentrieren, was lehrreich war.

Aber wenn Kristof in besonders schlechter Stimmung war, konnte selbst ihre Gelassenheit seinen Angriffen nicht standhalten. Sie wusste, dass er so war, weil sie sich weigerte, mit ihm zu schlafen. Mehr als einmal hatte er es versucht und jedes Mal hatte sie ihn abgewiesen. Es war nicht nur so, dass sie kein sexuelles Interesse an ihm hatte – bei dem Gedanken an seinen Hände auf ihrem Körper wurde ihr übel.

Sie wusste, dass einige der anderen Tänzerinnen ihn anziehend fanden und dass er, mit einem unvoreingenommenen Blick betrachtet, ein attraktiver Mann war. Dunkles Haar, dunkelbraune Augen, ein kantiges, kräftiges Kinn ... Ja, Kristof Mendelev hatte etwas.

Aber sie verabscheute seine Persönlichkeit und seine Arroganz, obwohl seine hohe Meinung über sein Talent berechtigt war. Boh wusste, wie wichtig es war, dass Selbstvertrauen mit Demut einherging, und konnte eingebildete Menschen nicht ausstehen.

Serena, ihre Tanzkollegin und Nemesis, machte sich immer über sie lustig. „Du bist zu weich, Dali. Das ist *Ballett* – ohne Skrupellosigkeit kommt man nicht weit."

„Und trotzdem habe ich es zur Prinzipaltänzerin gebracht, ohne zu einer boshaften Schlampe zu werden, *Serena*", schoss sie zur Belustigung der anderen Tänzerinnen zurück.

Ihr Hass auf Serena ging tiefer als die Konkurrenz um Hauptrollen. Boh wusste, dass sie die Bessere von ihnen war – Serena aber auch, und das machte die andere Frau extrem feindselig. Nicht nur das, Boh vermutete auch, dass Serena eine Rassistin war. Boh war die erste Indo-Amerikanerin, die in ihrer Ballettkompanie Prinzipaltänzerin geworden war, und ihr Erfolg hatte es in die Medien geschafft. Serena, eine Upper-East-Side-Prinzessin, hatte über die Interviews und Fotoshootings gespottet, aber Boh wusste, dass aus ihr die Eifersucht sprach.

Serena war ein Stachel in ihrem Fleisch, aber kein großer. Während Boh in der Wanne lag, versuchte sie, sich auf ihr Buch zu konzentrieren – den neuen Roman von Paul Auster –, aber ihre Gedanken schweiften ab. Heute hatte sie eine Nachricht von ihrer ältesten Schwester, Maya, erhalten, die ihr mitteilte, dass ihr Vater ernsthaft erkrankt war und wahrscheinlich kein halbes Jahr mehr leben würde.

Boh prüfte ihr Herz und empfand nichts für den Mann, der sie die ersten sieben Jahre ihres Lebens ignoriert hatte und sich dann, an ihrem achten Geburtstag, dem Tag, als sie in eine neue Wohnung gezogen waren und sie das erste Mal ein eigenes Zimmer hatte, zu ihr schlich für etwas, das er als „besondere, geheime Zeit" bezeichnete.

Nein, sie empfand nichts für den Mann, der sie missbraucht hatte. Sie hatte nur einer Person – Maya – davon erzählt, die ihr ins Gesicht geschlagen und gesagt hatte, sie solle es niemals weitererzählen. Boheme wusste in diesem Moment, dass ihr Vater ihrer Schwester das Gleiche angetan hatte.

Bastard.

Sie hatte Maya zurückgeschrieben:

Es tut mir leid, dass der Rest von euch leidet, aber ehrlich gesagt bekommt er, was er verdient. Du weißt, warum.

Boh

Es hatte keine Antwort gegeben. Boh verdrängte die Erinnerungen an ihren Vater. *Du*, dachte sie, *bist der Grund, warum ich kein Herz und keine Leidenschaft für einen Mann habe. Du.*

Sie stieg aus dem Wasser, das langsam kalt wurde, und betrachtete ihren nackten Körper im Spiegel. Sie war groß, schlank und ihre Haut hatte die Farbe von Milchkaffee. Sie hatte volle Brüste, worüber Serena sich lustig machte, aber Boh hatte sich nie darum gekümmert, dass sie nicht dem bevorzugten Tänzerinnentyp entsprach. Das war heutzutage keine große Sache mehr.

Sie trocknete sich ab und zog ihren abgetragenen, aber bequemen Pyjama an, bevor sie ins Bett schlüpfte und das Licht ausmachte. Es war erst 22 Uhr, aber das war ihr egal. Schlafen war für sie Ambrosia, besonders jetzt. *Mein Gott, ich bin zweiundzwanzig und lebe wie eine alte Frau*, dachte sie, aber bald schlossen sich ihre Augen und sie fiel in einen ruhigen Schlaf, der nur von Beelzebub gestört wurde, der in den frühen Morgenstunden mit seinen Pfoten auf ihren Rücken klopfte.

„Du kleiner Teufel", murmelte sie lächelnd, als er sich neben ihr auf dem Kissen zusammenrollte und sofort sein Bein über ihr Gesicht streckte. Sie entfernte es sanft und küsste seine kleine Pfote. „Du bist der einzige Mann für mich, Kleiner", flüsterte sie, schloss die Augen und schlief, bis am nächsten Morgen um sieben Uhr ihr Wecker klingelte.

3
KAPITEL DREI

„Ich kann mich nicht erinnern – warst du schon einmal in diesem Gebäude?", fragte Nelly Pilot, als er zwei Wochen nach ihrem Mittagessen in der Stadt mit seiner Polaroidkamera erschien – er war altmodisch beim ersten Scouting. Er hatte Termine verschoben und war den Anrufen von Grady Mallory ausgewichen, bis es nicht mehr anders ging und er sich spontan etwas einfallen lassen musste. „Es ist eine Studie des menschlichen Körpers in Bewegung", sagte er. „Ich besuche das *Metro Ballet* in New York, um den Ballerinas bei der Arbeit zuzusehen."

Er konnte es Grady nicht verübeln, dass er wenig enthusiastisch reagierte. Balletttänzer in Bewegung waren kein seltenes Motiv, aber Grady, der ein netter Kerl war, dankte Pilot dennoch für die Idee.

Pilot fühlte sich schlecht, weil er keinen Plan hatte. „Hör zu, Grady, ich verspreche, dass ich mir etwas Großartiges einfallen lasse."

„Ich vertraue dir", erwiderte Grady. Pilot hoffte, dass er sein Vertrauen nicht enttäuschen würde.

Er folgte Nelly in das Gebäude der Ballettkompanie und

schüttelte den Kopf. „Nein, nicht in diesem, sondern in dem alten an der Bleecker Street."

„Ha, ja, das ist eine Geschichte ... Das Gebäude dort war verseucht ... Asbest. Gut, dass wir es verkaufen konnten, bevor es entdeckt wurde. Wo willst du anfangen? Möchtest du die Tänzer einzeln treffen oder einfach eine Unterrichtsstunde besuchen?"

„Ich möchte nur kurz reinschauen, wenn das in Ordnung ist. Ich muss entscheiden, wen ich fotografiere."

„In diesem Fall", Nelly führte ihn in den Aufzug, „gibt es einen gemischten Kurs, den du dir ansehen solltest. Dort sind vom Solotänzer bis hin zu Anfängern alles vertreten. Celine veranstaltet am Montagmorgen gern einen zweistündigen Kurs, bei dem es mehr um Feinabstimmung geht als darum, etwas Bestimmtes zu proben. Es ist sehr gut für die Kameradschaft in der Kompanie. Jeder liebt es, wie du dir vorstellen kannst, obwohl alle Angst vor Celine haben."

Pilot grinste. Seine Mutter war eine willensstarke, dominante Frau, und er hatte eine Liebe zu mächtigen Frauen geerbt – *mächtig*, nicht manipulativ. „Wie steht es hier um die Kameradschaft?"

Nelly lachte. „Was erwartest du? Die meisten sind freundlich, aber es gibt immer ein oder zwei Unruhestifter."

„Auf wen sollte ich achten?"

Nelly schnaubte. „Das sollte ich nicht sagen."

„Komm schon, nur ein bisschen Klatsch und Tratsch."

Sie seufzte. „Serena. Eine absolute Schlampe. Sie ist natürlich eine fantastische Tänzerin, aber auch eine Hexe. Jeremy kann eine Diva sein."

„Hast du Favoriten?"

„Ich unterrichte nicht, also darf ich das." Sie sah ihn schelmisch an. „Boh. Du wirst Boh lieben. Lexie, Grace, Vlad, Elliott,

Fernanda ... die meisten von ihnen. Nimm dich nur vor Serena, Jeremy und vielleicht auch Alex in Acht."

„Danke für den Rat."

Sie stiegen aus dem Aufzug und Nelly zeigte auf das Studio. „Ich habe Celine gesagt, dass sie mit deinem Besuch rechnen kann."

Pilot grinste. „Du kennst mich so gut."

Er öffnete die Tür zum Studio einen Spalt und erblickte eine streng aussehende Frau. Sie nickte, ohne zu lächeln, und wies mit dem Kopf in den Raum.

Pilot schlüpfte hinein und sein Blick schweifte über die Tänzer. Ein paar sahen ihn neugierig an, aber die meisten konzentrierten sich auf ihr Training. Ein Mann in Pilots Alter spielte Klavier. Er sah auf und lächelte Pilot an.

„Und hoch, gut. Arme anheben ... Lexie, streck dich ... schön. Alex, stärkere Drehung ... gut. Schöne Streckung, Boh, gut gemacht. Doppelpirouette, nein, Elliot, doppelt. Danke."

Pilot hörte zu, wie Celine ihre Schüler durch den Unterricht führte. Er musste zugeben, dass die Art und Weise, wie sie ihre Körper einsetzten, um Formen darzustellen, beeindruckend war. Er ging vor ihnen in die Hocke und machte ein paar Fotos. Eine Tänzerin mit rotgoldenen Haaren in einem engen Dutt fiel ihm ins Auge, als sie verführerisch lächelte und für ihn posierte.

„Serena, achte auf mich, nicht auf Mr. Scamo, egal wie gut er aussieht."

Pilot lachte schnaubend und Celine funkelte ihn an und zwinkerte, um zu zeigen, dass sie scherzte. Er mochte sie sofort.

„Okay, ruht euch aus. Danke. Nun, wie Serena schon bemerkt hat, haben wir einen Besucher. Falls ihr ihn nicht kennt, das ist Pilot Scamo, ein außergewöhnlicher Fotograf." Celine kam herüber, um Pilot die Hand zu schütteln, während die versammelte Gruppe ihm applaudierte. Er spürte, wie sein

Gesicht errötete – er konnte sich einfach nicht daran gewöhnen, im Mittelpunkt der Aufmerksamkeit zu stehen.

„Hallo, hört zu, ich bin nur hier, um die Action festzuhalten, also lasst euch bitte nicht unterbrechen ..." Pilots Stimme schwankte, als er sie sah. Die große, athletische Frau, die hinter einem Tänzer stand. Sie sah ihn schüchtern an. Ihre dunkelbraunen Augen waren groß und ihr Körper war kurvenreich, aber zugleich athletisch und muskulös. Sie war betörend. Pilot bemerkte, dass er sie anstarrte und sah schnell weg. „Tut mir leid, ähm, lasst euch nicht von mir stören."

Celine versteckte ein Lächeln. „Ihr habt den Mann gehört. Nächste Kombination. Vierte Position, dann *plié*, *relevé*, *plié* ..."

Pilot fotografierte weiter, während die Tänzer trainierten. Nachdem sie an der Stange gearbeitet hatten, bat Celine sie, Pilot ihre Sprünge vorzuführen. „Boh, wenn du uns deine dreifache Pirouette und die Arabeske zeigen könntest ..."

Am Ende der *jetés* trat das schöne Mädchen mit aller Anmut nach vorn, vollführte eine makellose Pirouette und beendete sie in der klassischen Pose einer Arabeske. Jede Linie ihres Körpers war exquisit, bis zur Platzierung ihrer Finger. Pilot atmete tief ein.

Er hatte seine Muse gefunden.

4

KAPITEL VIER

Als Boh das Studio verließ, konnte sie nicht anders, als den Mann zu betrachten, der mit Celine sprach. Die Art und Weise, wie er sie angesehen hatte ... Wenn ein anderer Mann sie so angesehen hätte, wäre sie erstarrt und in Panik geraten. Aber dieser Mann ...

Es waren seine Augen, hellgrün und groß, die unter seinen dichten, dunklen Brauen intensiv, gefährlich und sinnlich wirkten. Eine Linie zwischen seinen Brauen ließ es so aussehen, als ob er die Stirn runzelte, bis er lächelte. Dann leuchtete sein ganzes Gesicht und er wurde jungenhaft und fast zu schön. Er war der verführerischste Mann, den sie je gesehen hatte, und sie spürte es überall.

Lexie stieß sie an. „Jemand hat Eindruck hinterlassen."

Boh grinste und senkte die Stimme. „Also hast du es auch gemerkt?"

„Alle haben es gemerkt, Boh. Er konnte kaum seine Augen von dir losreißen. Und er ist verdammt attraktiv."

„Und alt genug, um dein Vater zu sein", mischte sich Serena ein, die sie offenbar belauscht hatte, als sie in die Umkleidekabine gingen. „Dali, denk nicht, dass du etwas Besonderes bist, nur weil ein Mann dir einen Moment seiner Aufmerksamkeit geschenkt hat. Er ist ein Star – wahrscheinlich hatte er in der letzten Woche mehr Supermodels als du erfolgreiche Dreifach-Pirouetten."

„Serena, sei nicht so gehässig", sagte Fernanda, die sanftmütige Gasttänzerin aus Ecuador, und Serena errötete vor Wut und murmelte etwas. Fernanda blieb stehen und packte Serenas Schulter. „Was hast du gesagt?"

Serena lächelte gemein. „Du hast es gehört." Sie riss Fernandas Hand von ihrer Schulter und ging davon. Boh seufzte. Serenas Verhalten war in letzter Zeit noch schlimmer geworden und sie fragte sich, warum Fernanda eingeschritten war. Es sah ihr nicht ähnlich. Sie blickte ihre Freundin fragend an und Fernanda zuckte mit den Schultern.

„Manchmal muss sie von jemand anderem hören, dass sie den Mund halten soll."

Boh und Lexie lachten und Fernanda grinste. „Beeilt euch. Sonst kommen wir zu spät zu Kristofs Kurs."

Nach dem Lärm des Trainings herrschte im Studio Stille, als Pilot seine Polaroids auf das Klavier legte und sie betrachtete. Er notierte sich die Namen einiger Tänzer, die er basierend auf den klaren Linien ihrer Körper wieder fotografieren wollte, und versuchte dabei, sich nicht auf die letzten drei Bilder zu konzentrieren.

Boheme. Boh. Die Art, wie sich ihr Körper durch die Luft bewegte, ließ sie mit ihren Rundungen so anmutig wie die dünneren Tänzerinnen wirken. Stark, athletisch und fast überirdisch. Er wusste genug über Ballett, um zu erkennen, dass ihr Körpertyp nicht der eines jungen Mädchens war. Ihr Körper war der einer Frau und das Ergebnis eines fein abgestimmten Trainingsprogramms und eines gesunden Appetits. Er fand sie aufregend. Ihre Haltung und Anmut spiegelten sich in der natürlichen Schönheit ihres Gesichts wider, frei von Make-up und mit einem feinen, taufrischen Schimmer, der sie von Innen leuchten ließ, ...

Beruhige dich, Mann. Pilot atmete tief ein, aber sein Magen war verkrampft. Das alte Gefühl, wenn er wusste, dass er jemanden gefunden hatte, der Sinnlichkeit, Kraft und vor allem künstlerischen Ausdruck durch seine Linse transportieren konnte. Er würde den Rest der Tänzer für eine Werbekampagne der Kompanie fotografieren, aber Boh wollte er bitten, mit ihm an Aufnahmen für seine Ausstellung zu arbeiten.

Er ging zu Nelly, die sich freute, dass ihm der Unterricht Spaß gemacht hatte. „Die Tänzer sind erstaunlich", sagte er ehrlich und setzte sich auf ihren Schreibtisch. „Es gab einige, die wirklich aus der Menge hervorstachen ... hier." Er reichte ihr sechs Polaroids, und sie ging sie durch und nickte.

„Grace, Lexie, Jeremy, Vlad, Fernanda und Elliott. Oh." Sie sah ihn neugierig an und er wusste, was sie dachte. Er grinste und reichte ihr die letzten drei Polaroids.

„Wie gesagt, sie stachen hervor. Aber eine von ihnen war unglaublich."

Er sah, wie sich Nellys Schultern entspannten, als sie sich Bohs Bilder anschaute. Sie nickte und lächelte. „Ich wusste es. Ich wusste, dass du sie mögen würdest. Sie ist etwas ganz Besonderes."

„Das ist sie", sagte er und Nelly lachte.

„Hast du dich etwa verknallt?"

Pilot gab vor, beleidigt zu sein. „Bitte, ich bin ein Profi. Aber ich bin auch ein Mann und wer könnte es mir verdenken? Im Ernst ... ich habe einen Vorschlag."

Nelly lächelte ihn schelmisch an. „Mein Gott, wir reden hier nicht über *Pygmalion*, oder? Ich habe schon einen Machiavelli im Lehrpersonal."

„Ha, nein, nicht ganz. Hör zu, habe ich dir von der Ausstellung der *Chen Stiftung* erzählt?"

„Ja ... ah, ich verstehe. Willst du, dass Boh deine Muse ist?"

Pilot nickte. „Wenn sie einverstanden ist. Es würde natürlich bedeuten, dass sie zusätzliche Termine zu ihrem Trainingsplan hätte, und vielleicht möchte sie keine zusätzlichen Stunden investieren. Ich bezahle sie natürlich ... und außerdem mache ich die Werbeaufnahmen für die Kompanie kostenlos."

Nellys Augen weiteten sich. „Nein, Pilot, ich könnte nicht ..."

„Sieh mir in die Augen", sagte er mit einem Grinsen. „Wenn du sagen kannst, dass du mich schon einmal aufgeregter über ein Projekt wie dieses gesehen hast, nehme ich alles zurück."

Ein langsames Lächeln breitete sich auf Nellys Gesicht aus. „Okay, wie du möchtest ..., wenn Boh zustimmt."

„Natürlich. Aber ich mache dein PR-Projekt auf jeden Fall umsonst." Es war nicht so, als ob er das Geld brauchte, und Nelly hatte Pilot seinen Enthusiasmus zurückgegeben, was unbezahlbar war.

Nelly sah auf die Uhr. „Nun, Boh ist momentan bei Kristof. Ich könnte sie holen lassen."

„Nein, störe ihren Unterricht nicht."

Nelly schnaubte. „Es würde Kristof ärgern – zur Freude der anderen Tänzer. Komm schon, lass uns nachsehen, ob wir sie entführen können."

KRISTOF MENDELEV STARRTE BOH AN, als sie die Pantomime für *La Sylphide* tanzte, und stoppte sie dann. „Boh, das ist keine sarkastische Interpretation und auch keine Karikatur. Dieser Teil des Tanzes muss subtil sein. Wenn du das Publikum zum Lachen bringst, schadest du der Sinnlichkeit des Augenblicks."

Boh stand schweigend da, als er sie kritisierte, und fragte kühl: „Soll ich es noch einmal versuchen?"

„Wofür sind wir sonst hier? *Natürlich* sollst du es noch einmal versuchen."

Sie schwebte über den Boden und reckte die Arme anmutig, während sich ihre Füße schnell und stakkato in dem Stil bewegten, der durch den Choreographen August Bournonville berühmt geworden war. Boh kannte dieses Ballett besser als die meisten anderen und hatte es schon als Kind geliebt. Sie liebte es, die Fee, die Sylphe zu sein, und ihr Körper neigte sich grazil zu jeder Note der Musik. Diesmal war sie bei der Pantomime ernst und drückte ihre Liebe für den Wald, wo die Feen wohnten, und ihre Liebe für James, den glücklosen Helden des Balletts, aus. Wladimir, Bohs Kollege, spielte James und tanzte mit ihr, und Boh verlor sich in den Bewegungen.

Während sie die Todesszene der Fee darstellte, verlagerte sich ihr Fokus zurück in den Raum und sie bemerkte Pilot Scamo, der sie beobachtete.

„Okay, hört auf." Kristof rieb sich den Kopf und starrte Nelly an. „Gibt es einen Grund für diese Störung? Wie soll sie", er deutete grob auf Boh, „jemals besser werden, wenn man uns ständig unterbricht?"

Nelly sprang nicht auf den Köder an. „Ich habe dir davon erzählt, Kristof. Hast du nicht zugehört?"

Aber er hörte auch jetzt nicht zu, sondern starrte Pilot an, der kühl zurückblickte. „Nun, wenn das nicht Scamo ist." Er sagte seinen Namen mit unüberhörbarem Spott. Pilots Augen wurden gefährlich dunkel und Boh erschauderte, aber er ging nicht auf die Provokation ein. Seine Augen trafen ihre und wurden weicher und sein Mund hob sich auf einer Seite.

„Ms. Dali", sagte er respektvoll und bewundernd, „sah für mich exquisit aus."

Boh errötete und die anderen Tänzerinnen kicherten, bis Kristof sie finster anstarrte.

Kristof verdrehte die Augen. „Was wollt ihr?"

„Wir möchten mit Boh sprechen. Unter vier Augen."

„Und das kann nicht bis nach meinem Unterricht warten?"

„Offensichtlich nicht." Nellys Stimme nahm einen gefährlichen Unterton an. Kristof starrte sie einen Moment lang an und überlegte offensichtlich, ob er einen Streit riskieren sollte. Schließlich nickte er Boh zu, die anmutig aus der Gruppe trat, ihre Tasche und ihr Handtuch ergriff und den Rest ihrer Klasse entschuldigend ansah.

DRAUSSEN MACHTE Nelly sie miteinander bekannt. „Boheme Dali, das ist Pilot Scamo. Nicht, dass er eine Vorstellung braucht."

„Nach dem, was ich heute Morgen gesehen habe, braucht Ms. Dali das ebenso wenig." Er schüttelte ihre Hand und lächelte sie an.

„Einfach Boh, bitte." Ihre Stimme war leise, sanft und melodiös. Nelly grinste die beiden an und bemerkte offenbar die sofortige Verbindung zwischen ihnen.

„Pilot", sagte er und Nelly tätschelte seinen Rücken.

„Ich werde euch zwei allein lassen, um zu reden. Pilot hat ein sehr interessantes Angebot für dich, Boh."

Sie verschwand und Pilot lächelte Boh an. „Sollen wir spazieren gehen? Ich möchte kein Publikum haben." Er wies zu dem Tanzstudio, von dem aus Kristof sie beobachtete, und Boh nickte und verdrehte die Augen.

„Gute Idee. Ich kenne einen Ort, wo wir etwas Privatsphäre haben können."

SIE BRACHTE ihn ins Erdgeschoss des Gebäudes und führte ihn aus dem Küchenbereich in einen kleinen Innenhof. „Hier kommt niemand her, außer zum Rauchen, aber gerade findet Unterricht statt, also sollte uns niemand stören." Sie erschauderte leicht bei der kalten Brise.

„Hier." Pilot streifte seine Jacke ab und legte sie um ihre Schultern. Sie lächelte ihn dankbar an.

„Danke." Sie setzten sich auf eine der Bänke. „Es ist mir wirklich eine Ehre, Sie kennenzulernen, Sir."

Pilot grinste. „Mein Vater war ein ‚Sir', Boh, ich bin nur Pilot. Nelly hat mir gesagt, dass du etwas Besonderes bist, und ich glaube, sie hat damit untertrieben. Du bewegst dich wie", er suchte nach dem richtigen Wort, „wie Wasser, wie Luft ... Boh, Nelly hat ein Angebot erwähnt und hier ist es. Ich soll in sechs Wochen für die *Quilla Chen Stiftung* eine Ausstellung im *MOMA* geben. Bis heute Morgen hatte ich nichts. Keine Ideen, keine Inspiration, nichts. Dann sah ich dich tanzen."

Bohs Gesicht glühte. *Pilot Scamo* war inspiriert ... von ihr? Auf keinen Fall. Unmöglich. Sein Name war auf der ganzen Welt bekannt und er hatte einige der schönsten Frauen fotografiert – Serenas Bemerkung darüber, dass er mit Supermodels schlief, fiel ihr wieder ein.

„Mr. Scamo ..."

„Pilot."

„Pilot ... was genau willst du von mir?" Wenn es nur eine Anmache war, um sie ins Bett zu bekommen – Gott sei ihr gnädig, aber dieser großartige Mann brauchte keine Anmachsprüche –, würde sie ihre gute Meinung über ihn revidieren müssen.

„Arbeite mit mir an diesem Projekt. Natürlich brauchen wir ein Thema, und meine Ideen befinden sich noch in einem sehr frühen Stadium. Ich bin sicher, dass du die zahlreichen Ballettporträts, die bereits gemacht wurden, gesehen hast. Fotografen wie Karolina Kuras oder Alexander Yakovlev haben fantastische Arbeit geleistet. Wir brauchen also eine neue Herangehensweise. Ich will mit dir zusammenarbeiten und ein Konzept erstellen."

„Innerhalb von sechs Wochen?"

Pilot nickte. „Innerhalb von sechs Wochen müssen wir uns ein Thema ausdenken, die Kostüme beschaffen und eine geeignete Kulisse finden." Er zeigte plötzlich ein breites, jungenhaftes Lächeln und Boh spürte, wie ihr Bauch vor Verlangen zitterte. Sie sollte sechs Wochen lang eng mit diesem Mann zusammenarbeiten? *Ja, bitte ...*

„Ich bin dabei", sagte sie und wurde mit einem noch größeren, sexy Lächeln belohnt.

„Fantastisch."

Sie tauschten ihre Kontaktdaten aus und Boh lächelte ihn schüchtern an. „Ich schätze, wir müssen sofort anfangen."

„Ich denke schon." Seine Augen senkten sich für einen Sekundenbruchteil zu ihrem Mund, dann schaute er weg und auf seinen Wangen erschien ein schwacher rosa Fleck. Boh vermutete, dass er nicht wie ein Perversling wirken wollte, aber die Anziehung zwischen ihnen konnte nicht geleugnet werden. Trotzdem war dieser Mann professionell und sie auch.

Aber zumindest, dachte sie später, nachdem sie sich voneinander verabschiedet hatten, *habe ich einen neuen Freund gefunden.* Ha, sagte ihr Körper zu ihr, wann bist du das letzte Mal wegen eines *Freunds* feucht geworden?

Halt den Mund. Aber sie grinste, während sie zurück in Kristofs Unterricht ging, und fühlte sich federleicht, als sie daran dachte, die nächsten sechs Wochen mit Pilot Scamo zu verbringen.

5

KAPITEL FÜNF

Pilots gute Laune hielt an, bis er zu seiner Wohnung zurückkehrte und sah, dass sein Pförtner unbehaglich von einem Fuß auf den anderen rutschte. „Mr. Scamo", sagte er, „es tut mir leid. Sie wollte kein Nein akzeptieren. Sie wartet oben."

Pilot seufzte. „Es ist nicht Ihre Schuld, Ben. Schon in Ordnung."

Eugenie saß vor seiner Wohnungstür und Pilot war dankbar, dass er ihrer Bitte um einen Schlüssel niemals nachgegeben hatte. „Warum?", hatte er gefragt, als Eugenie es vorschlug. „Wir sind geschieden, Genie."

Jetzt sah sie ihn an und streckte ihm die Hände entgegen, damit er ihr beim Aufstehen half. Sie ließ ihn danach aber nicht los, sondern legte seine Hände um ihre Taille. „Liebling."

Pilot löste sich sanft von ihr. „Genie, was machst du hier?"

Eugenie schnaubte. „Nun, wenn du mich nicht sehen willst …"

Verdammt, es war wieder einer dieser Tage. Sie war wirklich die Königin der passiven Aggressivität. „Ich arbeite, Genie. Was willst du?"

„Ich will dich sehen." Sie strich mit einer Hand über sein Gesicht und Pilot musste sich beherrschen, den Kopf nicht wegzuziehen. Er hatte so etwas schon einmal erlebt und wusste, was die Folgen sein würden. Die Halbmondnarbe neben seinem rechten Auge zeugte von Genies Wut, wenn sie ihren Willen nicht bekam. „Ich vermisse dich, Pilot. Mehr als du weißt."

Ah, Genie-Taktik Nummer drei, dachte er. Die bedauernswerte Ex. „Genie, du hast mich ununterbrochen angerufen und wie gesagt, ich arbeite. Du weißt, wie es ist, wenn ich ein Projekt habe."

Er hoffte, ihre Auseinandersetzung auf dem Flur beenden zu können, aber als einer seiner Nachbarn sie neugierig beobachtete, öffnete Pilot widerwillig die Tür zu seinem Apartment und trat zurück, um Eugenie Einlass zu gewähren. Verdammt. Bisher hatte er sie erfolgreich von seinem neuen Leben ferngehalten.

Genie ging in seine Wohnung und lächelte. „Ah, typisch Pilot. Ein unorganisiertes Durcheinander."

Er zuckte mit den Schultern. Eugenie wollte immer alles an seinem Platz haben. Er hingegen wollte, dass sein Zuhause aussah, als ob ein Mensch darin lebte, kein Roboter. Seine Wände wurden von vollgestopften Bücherregalen gesäumt, seine Couch war alt, abgenutzt und unglaublich bequem, und sein Plattenspieler stand auf dem Boden neben einem Stapel Vinylscheiben. Auf dem Couchtisch befanden sich diverse Becher mit Resten von altem Kaffee oder Tee, eine halbleere Flasche Scotch und ein Notizbuch mit Ideen.

Aber Genie irrte sich – Pilot wusste genau, wie jedes Element seines Lebens an diesen Ort passte. Er war seine Zuflucht und Pilot hasste, dass sie sich darin befand und ihn verurteilte und verspottete.

„Wie ich schon sagte, ich arbeite, also ..." Er forderte sie mit einer Geste auf zu sagen, was sie zu sagen hatte. Genie lächelte halb. Sie sah noch dünner aus als sonst. Sie war immer schlank gewesen, aber als er sie kennenlernte, hatte sie ein gesundes Gewicht gehabt. Im Lauf der Jahre verlor sie ihren Appetit auf alles außer Wodka und Kokain, und seit Pilot sie verlassen hatte, hatte sich ihre Sucht noch weiter verschlimmert. Jetzt schien sie unter fünfzig Kilogramm zu wiegen.

Natürlich machte Genie der Gewichtsverlust überhaupt nichts aus. In ihrem Upper-East-Side-Freundeskreis war sie die dünnste, passte in die kleinsten Kleidergrößen und kokettierte mit ihrer Sucht. Abgesehen von Kokain, Adderall und gelegentlichen Speedballs begann sie jeden Tag mit Meth. Ihre zerbrechliche, blonde Schönheit zeigte langsam aber sicher die Spuren ihres Lebenswandels. Pilot hätte Mitleid mit ihr gehabt, aber angesichts ihrer Grausamkeit hat er bei ihrem Untergang keine Gefühle mehr.

„Mein Schatz ..." Sie kam auf ihn zu und er konnte nicht anders, als ein paar Schritte zurückzuweichen. Sie bemerkte es und Zorn blitzte in ihren Augen auf, aber sie kämpfte dagegen an und lächelte. „Hab keine Angst vor mir. Pilot, nach allem, was wir uns aufgebaut haben, und der Liebe, die wir füreinander empfunden haben – glaubst du nicht, dass wir mehr verdienen als diese traurige kleine Scheidung?"

„Wir haben das schon besprochen, Genie, als du nicht high warst. Wir wissen beide, dass es vorbei ist. Schon seit Jahren. Vielleicht hätte es gar nicht erst anfangen sollen."

Genie ignorierte ihn. „Wir haben wegen deiner Karriere nie versucht, Kinder zu haben, und jetzt, denke ich, ist es an der Zeit."

Oh Gott, sie war wirklich verrückt. Pilot rieb sich das Gesicht. *Wie schaffe ich sie aus meiner Wohnung, ohne ihre Wut abzubekommen – schon wieder?*

„Genie, ich habe ein Meeting. Geh nach Hause und werde nüchtern, dann wirst du den Unsinn erkennen, den du redest. Wir sind geschieden. Keine Kinder. Nicht von mir."

Er umfasste ihre Schultern und führte sie aus der Wohnung. Er spürte, wie knochig und zerbrechlich ihr Körper geworden war. „Leb wohl, Genie." Das Letzte, was er von ihr sah, war, wie sich ihr Mund öffnete und schloss, als sie überrascht über ihre abrupte Verbannung fassungslos blinzelte.

Er schloss schnell die Tür und lehnte sich dagegen. Es war nicht so, dass er Angst vor ihr hatte – er hatte mehr Angst vor den Konsequenzen, wenn sie ihn erneut angriff. Er war dreimal so groß und schwer wie sie. Wenn er sich wehrte und sie verletzte, wusste er, auf welcher Seite die Polizei stehen würde – sicher nicht auf seiner. Außerdem hatte ihre Familie Verbindungen. Die Ratcliffe-Morgans waren alter Geldadel, keine Neureichen wie sein Vater, ein Selfmade-Milliardär. Eugenie hatte ihm während ihrer Ehe mehr als deutlich gemacht, dass er weniger vermögend war als sie. Sie hasste, dass er keinen Versuch unternahm, ihren Ehevertrag anzufechten, und überhaupt kein Interesse an Geld zeigte. Es gab ihr weniger Macht über ihn.

Jetzt, da sein früherer Enthusiasmus zerstört war, nahm Pilot seine Tasche und holte die Polaroids heraus, um etwas von der Vorfreude, die er verspürt hatte, wiederzuerlangen. Er ging die Fotos durch und fand die Aufnahmen von Boh. Wärme ersetzte die Unruhe in ihm. Er zog sein Handy aus seiner Jacke und schickte ihr eine Nachricht.

Ich bin sehr gespannt auf unsere Zusammenarbeit, Boh. Pilot.

Er hatte nicht erwartet, dass sie umgehend antworten würde, und als er ihre Nachricht sah, lächelte er.

Ich auch! Ich war gerade im Internet, um zu recherchieren – du bist der König von Pinterest! Ich freue mich darauf, mit der Arbeit zu beginnen. B.

Süß. Pilot warf einen Blick auf die Uhr. Es war kurz nach sechs. Er zögerte einen Moment und tippte dann eine weitere Nachricht. *Hast du schon gegessen?*

Noch nicht, ich komme gerade aus der Probe.

Pilot holte tief Luft. War das unangemessen? Ah, zur Hölle damit.

Hast du Lust auf einen Burger und eine Projektbesprechung?

Er zählte die Sekunden, bis sie antwortete. *Klingt gut. Wo soll ich dich treffen?*

Pilot konnte nichts gegen das triumphierende „Yeah" machen, das seinen Lippen entkam.

KAPITEL SECHS

„Die Jahreszeiten."

„Gibt es schon."

„Ähm ... die Elemente?"

„Das auch."

„Verdammt." Boh nahm einen weiteren Bissen von ihrem Burger und verzog das Gesicht. Pilot grinste sie an. Ein Tropfen Senf hing an seinem Mundwinkel und ohne nachzudenken streckte sie die Hand aus und wischte ihn mit ihrem Finger weg. Sie begriff erst einen Moment später, dass es sehr intim war, so etwas bei jemandem zu tun, den man kaum kannte, und wurde rot, aber Pilot lächelte nur und dankte ihr.

Um ihre Verlegenheit zu überspielen, machte sie einen Witz. „Ich habe darüber nachgedacht, den Senf dort zu lassen und dich damit nach draußen gehen zu lassen, aber ich dachte, dafür wäre es noch zu früh in unserer Arbeitsbeziehung."

Pilot lachte – Gott, sein Lächeln war berauschend. „Nun, ich bin froh, dass du das gedacht hast ... denn jetzt kann ich dir von dem Ketchup auf deiner Wange erzählen."

Bohs Augen weiteten sich und sie rieb sofort mit dem Ärmel

ihres Pullovers über ihre Wangen. Als sie nachsah, war kein Ketchup auf dem Stoff. Pilot grinste breit.

„Kleiner Scherz."

Boh kicherte. In der letzten Stunde hatte sie erfahren, dass Pilot den gleichen albernen Humor hatte wie sie und obwohl sie beim ersten Treffen nervös gewesen war, hatte sie jetzt eine großartige Zeit. Sie hatten über das Projekt gesprochen und Pilot hatte sein Notizbuch vor sich aufgeschlagen.

„Ich dachte, wir könnten einfach Ideen austauschen, bis wir ein Thema haben", sagte er, nachdem sie ihr Essen bestellt hatten. Sie waren im *Bubby's* in der Hudson Street und Boh aß den vorzüglichsten Burger, den sie je gehabt hatte, und dazu Pommes Frites. Sie hatte das Mittagessen ausfallen lassen – nun, sie war gezwungen worden, das Mittagessen ausfallen zu lassen, weil Kristof darauf bestand, dass sie die Trainingszeit nachholte, die sie von seinem Kurs verpasst hatte – und jetzt war sie am Verhungern.

Es schadete nicht, dass ihre Aussicht so herrlich war. Pilot, gekleidet in einen marineblauen Pullover, mit wildem Haar und einem dunklen Dreitagebart auf seinem gutaussehenden Gesicht, sprach über potenzielle Themen und sie versuchten, sich etwas Originelles einfallen zu lassen.

„Wie wäre es mit einer Ballerina auf den Straßen der Großstadt?"

Boh überlegte. „Ich mag die Idee, aber es gibt einen wachsenden Trend zum urbanen Ballett und ich frage mich, ob wir damit Probleme bekommen könnten."

Pilot tippte auf seinem Handy herum. „Ja, du hast recht und natürlich ..."

„... gibt es das schon?"

Pilot grinste. „Ja. Verdammt, ich dachte nicht, dass es so schwierig ist."

Boh lächelte ihn schüchtern an. „Komm schon, wir haben

gerade erst angefangen. Also keine Elemente, Jahreszeiten, Straßen ..."

Pilot lachte. „Und bitte keine Sternzeichen."

Boh steckte sich Pommes Frites in den Mund. Es war so angenehm, mit ihm zusammen zu sein.

Pilot musterte sie. „Worum geht es bei Kristofs Show?"

„*Sex und Tod* lautet das Thema. Er will die Mordszene in *The Lesson* in die Performance einbauen. Celine und Liz sind dagegen."

„Ich kenne das Ballett nicht."

Boh beugte sich vor. Sie war in ihrem Element, wenn es um ihre Leidenschaft, die Kunst, ging. „*The Lesson* ist die Geschichte eines Lehrers und seiner Schülerin. Er ist besessen von ihr und während einer bestimmten Unterrichtsstunde wird er durch ihren Tanz immer mehr in Erregung versetzt, bis er schließlich durchdreht und sie umbringt."

Pilot verzog das Gesicht. „Nett."

Boh lachte. „Wenn man es im Kontext obsessiver Liebe betrachtet, ist es irgendwie schön. Die Idee, so verliebt in jemanden zu sein, dass man ihn verletzen würde, kommt in vielen Balletten vor. Zum Beispiel in *Mayerling*." Sie sah einen seltsamen Ausdruck auf seinem Gesicht. „Was?"

Er schüttelte den Kopf. „Es ist nur... die Realität einer solchen Beziehung. Daran ist nichts Romantisches."

Sie fragte sich, wer diesen schönen Mann verletzt hatte, hatte aber nicht das Gefühl, ihn direkt fragen zu können. „Bist du verheiratet, Pilot?"

„Geschieden. Und glücklich damit."

Boh musterte ihre Fingernägel. „Freundin?"

Er antwortete einen Moment nicht und sie sah auf. Mit sanften Augen lächelte er sie an. „Nein, keine Freundin. Und du?"

Sie schüttelte den Kopf. Pilot beugte sich vor und strich mit seinem Mund sanft über ihre Lippen. Dann zog er sich zurück und suchte ihre Augen. „War das okay?"

Boh schnappte nach Luft. „Mehr als okay", flüsterte sie, und Pilot grinste und küsste sie erneut.

„Dir ist klar", murmelte er gegen ihre Lippen, „dass ich dich nur von Ketchup und Senf befreie, oder? Das Zeug ist überall auf deinem Gesicht."

Sie küssten sich wieder, und Bohs Handflächen umfassten sein Gesicht und strichen über die weiche Haut über seinem Bart. *Bitte mich, mit dir nach Hause zu kommen, und ich werde es tun*, flehte sie ihn stumm an und schockierte sich selbst damit. Aber er unternahm keinen Versuch, sie in sein Bett zu bekommen, und sie erwärmte sich dadurch noch mehr für ihn. *Ja, etwas an ihm ist kaputt*, dachte sie, *aber Pilot Scamo ist anders als die meisten anderen Männer*. Sie spürte in ihren Knochen, dass er nicht nur von ihr *nehmen* wollte, und das war neu für sie.

Sie unterhielten sich weiter, fanden aber keine Idee. „Lass uns für heute Schluss machen", sagte er. „Du siehst erschöpft aus. Kann ich dich nach Hause fahren?"

Sie stieg in seinen Mercedes und bemerkte, wie abgenutzt er aussah. Abgenutzt, aber bequem, wie ein alter Freund. Sie wusste nichts über Autos, aber die Tatsache, dass er mit seinem nicht zimperlich war, brachte sie zum Lächeln. Er sah ihren Gesichtsausdruck. „Was?"

Sie sagte es ihm und er lachte. „Ja, es ist wirklich nur eine alte Karre, aber sie war mir immer treu."

„Darf ich dich etwas fragen?"

„Sicher."

„Kommst du aus einer reichen Familie?"

Pilot nickte. „Das kann man so sagen, aber es gab eine Zeit, bevor mein Vater sein Geld verdient hat, an die ich mich sehr gut erinnere. Fünfzig-Cent-Nudeln aus dem Supermarkt und Cornflakes zum Abendessen. Meine Mutter ist heute Professorin an der Columbia Universität, aber damals war sie noch dabei, sich hochzuarbeiten und einen Teenager und ein Baby großzuziehen, während Dad rund um die Uhr in seiner Firma gearbeitet hat."

„In welcher Branche war er?"

„Willst du das wirklich wissen?" Pilot grinste sie an und sie kicherte.

„Solange er kein Waffenhändler war."

„Du wünschst dir vielleicht, es wäre so, wenn ich es dir verrate."

Boh lächelte. „Beeindrucke mich."

„Nun …" Pilot steuerte das Auto auf die Brooklyn Bridge. „Du kennst diese kleinen Perforationslöcher im Toilettenpapier, oder? Mein Vater hat die perfekte ‚Abrissrate' erfunden."

Boh blinzelte. Das war das Letzte, was sie erwartet hatte. „Wirklich?"

Pilot schaute zu ihr hinüber. „Nein."

Eine Sekunde lang verstand Boh nicht, was er gesagt hatte, dann lachte sie. „Du hattest mich. Du hattest mich wirklich."

Pilot grinste. „Nun, es klingt interessanter als *Er hat wirklich hart in der Stadt gearbeitet und jede Menge Geld verdient*."

„Du bist ziemlich verrückt, Pilot Scamo." Sie lachte und schüttelte den Kopf.

Auf dem Weg zu ihrer Wohnung scherzten sie miteinander, dann begleitete er sie zu ihrer Tür. „Gute Nacht, Boheme Dali."

Er küsste sie sanft und sie lächelte. „Gute Nacht, Pilot. Danke für das Abendessen und dafür, dass du mich nach Hause gefahren hast, und … für alles."

Er streichelte ihre Wange. „Darf ich dich morgen anrufen?"

Sie nickte und er küsste sie noch einmal, bevor er sich verabschiedete.

Boh ging hinein und fand Grace schlafend auf der Couch vor. Beelzebub hatte sich neben ihrem Kopf zusammengerollt und sah Boh mit tadelnden Augen an. „Du bist nur neidisch darauf, dass ich einen wunderschönen Mann geküsst habe", flüsterte sie und legte eine Decke über Grace' schlafende Gestalt.

Als sie im Bett war, konnte sie nur an Pilots Kuss, sein süßes Lächeln und seine Berührung denken und wünschte, sie läge jetzt neben ihm.

Sobald sie einschlief, träumte sie davon, in seine Arme zu tanzen und seine liebevolle Umarmung nie mehr zu verlassen. Als sie aufwachte, hatte sie eine SMS mit nur einem Wort bekommen.

Potzblitz.

KAPITEL SIEBEN

„Ich wollte nicht kitschig klingen, wirklich, aber ich konnte nicht anders. Ich habe an dich gedacht und als ich nach Hause kam, lief dieser Romcom-Film auf einem Kabelkanal. Der mit dem Kerl mit den zerzausten Haaren, der ständig Fuck sagt."

Boh kicherte. „*Vier Hochzeiten und ein Todesfall*?"

„Genau." Pilot trank seinen Kaffee. „Nun, ganz am Ende gibt es dieses Treffen zwischen dem Nebencharakter-Kerl und der eleganten Frau und er sagt: ‚Meine Güte, Potzblitz.' Lachst du etwa über meinen englischen Akzent?"

„Nein, niemals." Boh sah ihn unschuldig an. Kannte sie diesen Mann wirklich erst vierundzwanzig Stunden? Pilot warf einen Bagel-Krümel nach ihr und sie lachte. „Also, mach weiter."

„Hast du schon einmal von Faraday-Käfigen gehört?"

Boh verzog das Gesicht. „Sollte ich?"

„Ah, die Jugend von heute. Wie auch immer, Unwissende, ein Faraday-Käfig ist eine Art Gehäuse, das Dinge, Menschen oder sonst irgendetwas vor Elektrizität schützt. Stell dir vor, ein

Blitz schlägt in dein Auto ein – dir würde nichts passieren, weil das Auto selbst ein Faraday-Käfig ist."

„Okay, verstanden, aber was hat das mit mir und unserem Projekt zu tun?"

Pilot sah selbstzufrieden aus. „Ich bin froh, dass du fragst." Er zog ein Blatt Papier heraus, auf das er etwas gezeichnet hatte, das einem Vogelkäfig ähnelte. Darin befand sich eine Ballerina, die wie Boh bei einem Sprung aussah. Ihre langen Gliedmaßen waren perfekt ausgerichtet, anmutig und spiegelten die Blitze wider, die den Käfig trafen.

„Wow."

„Gefällt sie dir? Die Idee?"

„Ich mag die Idee und die Skizze. Wie zur Hölle hast du mein Aussehen so gut eingefangen?"

Pilot grinste. „Es ist eine nützliche Fähigkeit. Aber im Ernst, was denkst du? Eine Fotoserie zum Thema *Bewegung und Kraft*. Ich sage nicht, dass wir das gesamte Shooting in einem Faraday-Käfig machen. Ich betrachte ihn als Ausgangspunkt. Vielleicht bist du zuerst im Käfig und versteckst dich sogar vor den Elementen bis zu einem späteren Zeitpunkt in der Serie, wenn du fast mit ihnen kämpfst. Aber das klingt noch ziemlich unausgegoren ..."

„Ein bisschen schon, aber ich denke, es ist ein guter Anfang." Sie sah sich die Skizze an. Sie liebte das Bild. „Würdest du es modern oder im Retrostil machen? Weil ich denke, dass es in Sepia-Tönen gut aussehen würde ... Mein Gott, ignoriere mich einfach. Du bist der Fotograf."

Pilot beugte sich vor. „Hör mal, das ist ein Co-Projekt, Boh. Wir arbeiten *zusammen*. Außerdem ... kannst du mich jederzeit herumkommandieren, wenn du willst."

„Ha, sag das nicht", erwiderte sie und errötete lachend. Pilot zog mit seiner Fingerspitze eine Linie über ihre Handfläche und lächelte sie an.

„Kommst du nicht zu spät zum Unterricht?"

Sie schüttelte den Kopf. „Ich habe erst um neun Uhr Training. Ich bin froh, dass du angerufen hast."

„Können wir uns heute zum Abendessen treffen?"

Sie verzog das Gesicht. „Das weiß ich nicht. Kristof hat es immer noch auf Vlad und mich abgesehen und sein üblicher Trick besteht darin, uns unter der Woche länger dazubehalten. Gestern hatte ich Glück. Kann ich dir später Bescheid sagen?"

„Natürlich. Ich habe den ganzen Tag Meetings in Manhattan. Wenn du Zeit hast, über das Projekt zu sprechen, würde ich es zu schätzen wissen, aber ich weiß, dass du auch einmal eine Pause brauchst, also bin ich nicht beleidigt, wenn du absagst."

Heimlich dachte Boh, dass sie ihre Freizeit nur zu gern mit Pilot verbringen würde, aber sie wusste auch, dass sie vernünftig sein musste. Das Letzte, was sie wollte, war, dass er sie für ein schwärmerisches Schulmädchen hielt. Er betrachtete sie, als wollte er ihre Gedanken lesen.

„Das alles ist so schnell passiert, Boh, und ich möchte, dass du weißt …" Er stockte und schaute weg. „Ich habe dich geküsst."

„Ja."

„Das war nicht sehr professionell von mir und ich bin mir bewusst, dass du denken musst, dass ich das immer mit meinen Modellen mache. Glaube es mir oder nicht, aber das stimmt nicht. Das habe ich nie getan. Ich war nie ein Casanova, obwohl meine Ex-Frau das wohl behaupten würde. Wenn du dich unwohl fühlst, möchte ich, dass du es mir sagst."

Er bedauerte offensichtlich, sie geküsst zu haben, und machte einen Rückzieher. Boh schluckte den Kloß in ihrem Hals herunter und nickte.

„Ich weiß das zu schätzen." Sie spürte, wie ihre Wangen brannten. Vor ihr saß ein weltberühmter Fotograf. Als sie im Internet über ihn nachgeforscht hatte, hatte sie nicht glauben können, dass der Mann, der sie geküsst und mit ihr gescherzt hatte, so weit außerhalb ihrer Liga war. „Ich muss mich auf die Performance der Kompanie konzentrieren", sagte sie leise, lächelte ihn aber an, „und auf unser Projekt."

„Ich würde niemals deinen Job gefährden, Boh, das verspreche ich dir." Er lächelte sie an. „Boh … Ich bin doppelt so alt wie du, geschieden und ein Wrack. Du verdienst etwas Besseres."

Boh wunderte sich, dass sich die Atmosphäre zwischen ihnen so plötzlich von lustig zu ernsthaft verändert hatte. „Pilot, ich bin niemand, der sich nach der Gesellschaft anderer Leute sehnt. Ich suche aktiv nach Situationen, in denen ich allein sein kann. Aber ich verbringe gern Zeit mit dir."

Pilot lächelte. „Ich auch. Freunde?"

„Freunde".

PILOT BEGLEITETE Boh zur Ballettkompanie und verabschiedete sich von ihr. Als er zum Auto zurückging, schüttelte er den Kopf. Er war die ganze Nacht wach geblieben und hatte über sie nachgedacht, und die üblichen Zweifel an seinem Selbstwert waren aufgetaucht. Er hatte versucht zu argumentieren, dass er die Chemie nicht ignorieren konnte, die sofort zwischen ihnen geherrscht hatte, aber er konnte Boh im Moment nicht in sein chaotisches Leben lassen. Vielleicht, wenn er endlich frei von Eugenie war.

Also hatte er Boh einen Ausweg gegeben.

Verdammt.

Sein Telefon summte und er sah, dass seine Mutter ihn anrief. „Hey, Mom."

„Hey, Junge. Wie geht es dir? Ich habe seit ein paar Tagen nichts mehr von dir gehört."

Pilot lächelte vor sich hin. Seit seiner Scheidung war Blair

Scamo aufmerksamer denn je und stets besorgt, dass ihr Sohn in eine der depressiven Stimmungen geriet, zu denen er neigte. Blair hatte Eugenie von Anfang an nicht gemocht, aber sie respektierte die Entscheidungen ihres Sohnes und war während der gesamten Ehe höflich und freundlich zu Eugenie gewesen. Sie hatte auch gesehen, wie Pilot gebrochen war, als Eugenies Grausamkeit seinen Stolz, sein Selbstvertrauen und bei mehr als einer Gelegenheit seine Gesundheit attackiert hatte.

„Ich ..." Er wollte ihr gerade sagen, dass es ihm gut ging, aber er wusste, dass es eine Lüge wäre. Eugenies letzter Besuch belastete ihn und es fiel ihm schwer, darüber hinwegzukommen. Er seufzte. „Genie ist neulich zu mir gekommen. Sie will ein Baby."

„Oh, um Himmels willen." Er konnte den Zorn seiner Mutter hören. „Ich habe es dir schon einmal gesagt, Pilot. Du musst sie ignorieren und ganz aus deinem Leben verbannen."

Er schwieg einen Moment und als Blair weitersprach, war ihr Ton sanfter. „Manchmal bereue ich, dass ich dich so erzogen habe. Du bist zu gut. Ich weiß, dass das seltsam klingt. Du warst das Opfer häuslicher Gewalt, Pilot ..."

„Sag das nicht, Mom, bitte." Pilot zuckte bei den Worten seiner Mutter zusammen.

„Sei kein Macho. Es ist keine Schande, es zuzugeben, Pilot. Es passiert den stärksten Menschen, den allerstärksten. Den Starken und den Guten. Es ist Zeit, mein Junge."

DAS PROBLEM WAR – Pilot schämte sich. Bei mehr als einer Gelegenheit hatte Genie ihn in der Öffentlichkeit erniedrigt und zu Hause körperlich und seelisch angegriffen. Unbewusst berührte er die Halbmondnarbe an seinem rechten Augenwinkel. Damals war es eine zerbrochene Champagnerflasche gewesen. Die Attacke hätte seine Karriere beenden können und er hatte keinen Zweifel, dass Genie genau das wollte – ihn auf die schlimmste Weise verletzen.

Er wusste, was er tun musste. Er brauchte eine neue Wohnung und musste versuchen, die Details von der Presse fernzuhalten. Er würde sein aktuelles Apartment zur Tarnung behalten. Es war ein Anfang.

Das war der andere Grund, warum er sich von Boh zurückgezogen hatte. Eugenies Eifersucht kannte keine Grenzen und wenn sie herausfand, dass er eine andere Frau datete – noch dazu jünger als sie und Pilots Meinung nach weitaus schöner und süßer –, würde Boh unter Genies Wut leiden müssen. Er konnte den Gedanken nicht ertragen.

Gott, was für ein verdammtes Chaos sein Leben war. Er konnte fühlen, wie eine schwarze Wolke auf ihn herabsank. Er hielt inne und orientierte sich. Was kam als Nächstes? Was hatte er zu tun?

Er überprüfte den Terminplan auf seinem Handy und ging Richtung Broadway zu seinem Atelier.

Arbeit. Die Arbeit würde den Schmerz verdrängen, obwohl er sich, als er sein Atelier erreichte, nichts sehnlicher wünschte, als dass Boh da wäre, um ihn festzuhalten.

KAPITEL ACHT

„Wo *zum Teufel* bist du gewesen?"

Kristofs Wut erfüllte das Studio und Boh stellte gedemütigt ihre Tasche ab, bevor sie ihm antwortete und versuchte, ihre Stimme ruhig zu halten. „Ich war nicht vor neun Uhr eingeplant, Kristof, und jetzt ist es zehn vor neun."

Sie sah Serenas Grinsen. Kristofs dunkle Augen bohrten sich in ihre. „Du bist also nicht nur faul, sondern auch noch Analphabetin?" Er stürmte auf den Flur und Boh sah, wie er einen Unterrichtsplan von der Pinnwand vor den Studios riss. Ihr Herz sank. Es war klar, dass es eine weitere verspätete Terminänderung gegeben hatte. Kristof kam herein und hielt ihr das Blatt hin. Tatsächlich, unter ihrem Namen stand *Mendelev, Studio 6, 8 Uhr*.

„Ich habe es nicht gesehen. Als ich gestern Abend gegangen bin, stand da immer noch ..."

„Ich will deine verdammten Ausreden nicht hören, Boh. Ziehe das weiße Trikot an."

Ah. Er ließ sie oft bestimmte Kleider anziehen, um die

Linien ihrer Körper beim Tanzen besser sehen zu können. Sie nahm ihre Tasche und ging zur Tür hinaus.

„Nein. Ziehe dich *hier* um."

Boh blieb geschockt stehen. Ein Murmeln ging durch die Klasse. Was zur Hölle sollte das? Kristofs Augen glänzten vor Bosheit. „Tu es. Offensichtlich hast du nichts dagegen, dich für Pilot Scamo auszuziehen, warum also so schüchtern?"

„Wovon zur Hölle redest du?"

„Du fickst ihn. Wir wissen es alle. Also komm schon. Ziehe dich um und lass uns alle sehen, was er sieht."

Serena kicherte und Boh warf ihr einen feurigen Blick zu. „Wen ich in meiner Freizeit sehe, ist meine Privatangelegenheit, und du irrst dich. Pilot Scamo und ich sind nur Freunde. Und ich habe nicht die Absicht, mich auszuziehen, nur weil du eine deiner boshaften Launen hast, Kristof."

Boh hörte das Keuchen einiger anderer Tänzerinnen und war selbst schockiert über ihre Reaktion auf den Mann. Sie sah die Wut auf seinem Gesicht. „Ziehe dich aus oder verschwinde", sagte er leise. „Und eine Andere wird die Hauptrolle tanzen."

Bastard. Sie würde nicht zulassen, dass er ihr das wegnahm, wofür sie so hart gearbeitet hatte. Sie schob die Arme in ihr Sweatshirt, zerrte den Saum über ihren Hintern und zog ihre Hose und Unterwäsche aus. Kristof beobachtete sie amüsiert, als sie geschickt ihr Trikot überstreifte, ohne sich zu entblößen.

„Das war gar nicht so schwer, oder? Nun, erste Position."

Am Ende des Unterrichts war Boh immer noch wütend und als alle zurück in die Umkleidekabine gingen, steckte sie ihren Finger in Serenas Oberteil und riss sie zurück. „Behalte deine dreckigen Gerüchte für dich, Schlampe."

Serena befreite sich aus Bohs Griff und zeigte ihr den Mittelfinger. „Wir haben dein *schüchterne, kleine Jungfrau*-Getue alle ziemlich satt, Dali. Niemand glaubt es. Also fick dich und deinen perversen Fotografen."

Boh stürzte sich auf das andere Mädchen, aber Grace und Fernanda zogen sie zurück. „Hau ab, Serena", sagte Grace und Serena ging kichernd davon. „Ignoriere sie, Boh, sie ist nur ..."

„Eine kleine Fo..."

„Boh! So redest du doch sonst nicht. Komm schon." Grace schleppte sie in die Cafeteria. Als sie sich hingesetzt hatten, seufzte Boh, verschränkte die Arme auf dem Tisch und legte ihren Kopf darauf.

„Tut mir leid, Gracie", sagte sie. „Ich habe heute einen schlechten Tag."

Grace musterte sie. „Du warst schon weg, als ich heute Morgen die Wohnung verlassen habe. Wo bist du hingegangen?"

Boh konnte fühlen, wie ihr Gesicht brannte. „Ich habe mich mit Pilot Scamo zum Frühstück getroffen."

Grace lächelte. „Du magst ihn."

„Das tue ich, aber wir haben eine Arbeitsbeziehung." *Das hat er klargestellt*, dachte sie traurig. Sie versuchte, Grace anzulächeln. „Aber er wird mit uns allen arbeiten und ich würde es hassen, wenn irgendwelche Gerüchte ihn erreichen und in Verlegenheit bringen. Falsche Gerüchte."

„Du bist süß, aber ich denke, Scamo kann auf sich selbst aufpassen. Er ist ein phänomenaler Fotograf." Grace betrachtete auf ihrem Handy einige Aufnahmen von Pilot. Sie lächelte ihre Freundin an. „Wenn dich jemand erobern kann, Boh, dann er. Ich kann es kaum erwarten zu sehen, was er macht."

„Mit uns allen", ergänzte Boh, konnte aber das kleine Lächeln, das ihr entkam, nicht verhindern. Grace lachte und drückte ihren Arm.

„Weißt du was, Boh? Wenn du dich verknallt hast, ist das in Ordnung. Du kannst daten, wen du willst. Du solltest in deinem Alter Verabredungen haben. Wieso hattest du noch nie welche?"

Boh spürte die vertraute Angst in ihrer Brust, die ihr immer folgte, wenn jemand ihr einsames Leben infrage stellte. Doch bevor sie antworten konnte, wurde ihre Aufmerksamkeit auf eine alte Frau gezogen, die langsam in den Raum kam. Ihr Blick wanderte umher und sie wirkte verwirrt. Grace und Boh standen sofort auf, um an ihre Seite zu eilen.

„Madame Vasquez? Ist alles in Ordnung?"

Die alte Frau lächelte sie an. „June, Sally, wie schön, euch zu sehen."

Grace und Boh wechselten einen Blick. Eleonor Vasquez war eine ehemalige Primaballerina, eine der besten der Welt, mit einer der längsten Tanzkarrieren aller Zeiten, die gnädigerweise nicht durch schwere Verletzungen behindert worden war. Ihre Karriere hatte erst mit dem Skandal über ihre lebenslange Liebesaffäre mit Celine Peletier geendet, die in einer Zeit publik wurde, als Homosexualität und lesbische Beziehungen noch tabu waren.

Vasquez, eine feurige Argentinierin, hatte eine öffentliche Erklärung über ihre Liebe zu der Französin abgegeben. „Meine Tanzkarriere war meine Leidenschaft", sagte sie den Reportern, „aber meine Liebe zu Celine ist mein Leben."

Die zwei Frauen waren inzwischen seit über fünfzig Jahren zusammen, aber Eleonor war vor einem Jahrzehnt erkrankt. Demenz. Die Ballettkompanie, die ihr bis zuletzt treu geblieben war, erlaubte ihr, mit Celine in einem der Apartments neben den Studios zu wohnen, und sogar weiterhin zu „unterrichten". Ein paar Tänzer brachten die zusätzliche Zeit auf, von dieser lebenden Legende zu lernen, darunter Boh und Grace. Es machte ihnen nichts aus, für wen Madame Vasquez sie während der Unterrichtsstunde hielt.

Serena und einige der anderen Tänzerinnen wollten sich diese Zeit nicht nehmen und nannten die alte Frau eine „demente Närrin". Aber die Liebe, die Eleonor und Celine teilten, war eine Inspiration für die meisten Tänzer der Kompanie und Boh wusste, dass ihre Unterstützung Celine Peletier die Welt bedeutete.

Sie und Grace begleiteten Eleonor zurück zu ihrer Wohnung, wo ihnen eine aufgebrachte Celine begegnete. „Bist du wieder einfach so verschwunden?"

Eleonor strahlte ihre Geliebte an. „Wie schön, dich zu sehen, Petal", sagte sie und verwendete ihren Kosenamen für Celine. Diese verdrehte die Augen und schob Eleonor in die Wohnung. Sie lächelte Boh und Grace dankbar an. „Danke, Mädchen. Komm, mein kleiner weißer Schwan, ich bringe dich ins Bett."

Grace schloss leise die Tür und die Freundinnen gingen langsam zu den Studios zurück.

„Das lässt den Ärger von vorhin gar nicht mehr so schlimm erscheinen, oder?"

Boh nickte. „Das tut es." Sie erinnerte sich daran, wie Eleonor und Celine sich angesehen hatten, und ihr Herz schmerzte. So viel Liebe füreinander zu haben und seinen Partner an den unbarmherzigen Horror der Demenz zu verlieren … Sie konnte es sich kaum vorstellen. Die Liebe der beiden Frauen ließ ihre Schwärmerei für Pilot noch lächerlicher erscheinen. Er war erwachsen und sie war noch ein halbes Kind … auch wenn ihre Anziehung so deutlich zu spüren war, dass es sie noch verrückt machte.

„Was beschäftigt dich?", fragte Grace, aber Boh schüttelte nur den Kopf.

„Nichts. Lass uns tanzen gehen."

SERENA INHALIERTE die elfenbeinweiße Linie auf dem Tisch, wischte sich die Nasenlöcher ab und grinste Kristof an, als sie sich wieder auf ihn legte. „Das war ein besonders grausamer Streich, den du heute Morgen der kleinen Miss Perfect gespielt hast, aber ich muss sagen, es hat mir Spaß gemacht."

Sie setzte sich rittlings auf seinen nackten Körper, griff nach seinem Schwanz, streichelte ihn und versuchte, ihn wieder hart zu machen. Er rauchte einen Joint und beobachtete sie aufmerksam. Sie kannte diesen Blick in seinen Augen – Verachtung. Sein Schwanz blieb schlaff und sie gab auf, rollte sich über die Bettkante und erhob sich.

„Wohin gehst du?"

„Pinkeln."

Sie ging ins Badezimmer und setzte sich auf die Toilette. Der Sex mit Kristof war zu Beginn aufregend gewesen. Am ersten Tag als sie in die Kompanie kam, nachdem sie bereits ein etabliertes Mitglied einer rivalisierenden Balletttruppe gewesen war, hatte er sie ausgesucht und sie gebeten, nach der letzten Trainingsstunde des Tages länger zu bleiben.

Er hatte sie in seinem Büro gefickt, sie über den Schreibtisch gebeugt und hart genommen. Seitdem, seit zwei Jahren, hatten sie Sex, aber Serena war enttäuscht, dass es sie nicht weiter als zur Solistin gebracht hatte. Sie hatte Kristof angefleht, sie zur Prinzipaltänzerin zu machen, nachdem die frühere Haupttänzerin weggegangen war, und geglaubt, sie wäre nah dran. Aber dann hatte Kristof Boheme Dali tanzen gesehen und zur Prinzipaltänzerin befördert.

Er hatte eine wütende Serena mit noch mehr Sex und so vielen Appetitzüglern und Kokain beruhigt, wie sie nur nehmen konnte, aber trotzdem tat es weh. Serena wusste, dass Boh die bessere Tänzerin war – zum Teufel, Serena liebte es, das andere Mädchen tanzen zu sehen –, aber ihre Herkunft ließ sie es nicht ertragen, wenn ihr etwas verweigert wurde. Also machte sie Boh das Leben zur Hölle.

Und sie wusste etwas über Boheme, das sonst niemand wusste. Bei einer Party in Bohs und Grace' Wohnung hatte sie einen handgeschriebenen Brief an Boh entdeckt und ihn aus einer Laune heraus mitgenommen. Sie hatte sich nicht vorstellen können, dass der Inhalt dieses Briefes so schrecklich wäre – und so nützlich. Bohs Daddy war ein schlechter, böser Mann. Bohs jungfräuliches Getue war nur Show, auch wenn sie das Opfer ihres pädophilen Vaters war. Serena hatte Bohs Geheimnis bewahrt, nicht aus Wohltätigkeit, sondern weil sie auf den günstigsten Moment wartete, es gegen sie zu verwenden.

Vielleicht kommt dieser Moment schon bald, überlegte Serena, während sie sich die Hände wusch. Sie dachte darüber nach, Kristof von dem Brief zu erzählen, entschied sich aber dagegen. Ihr aktueller Liebhaber war auch so schon von Boh besessen. Sie blickte in den Spiegel und sah, dass ihr erdbeerblondes Haar unordentlich war und an dem Schweiß auf ihrer Stirn klebte. Sie spritzte sich Wasser ins Gesicht und strich ihr Haar glatt. Als sie zurück zum Bett ging, kritzelte Kristof in sein Notizbuch und arbeitete an seiner Choreografie.

Sie legte sich neben ihm auf das Bett. „Hast du dich endlich für die Playlist entschieden?"

Kristof nickte. „Wir machen *The Lesson*, ob es Liz gefällt oder nicht. Es ist das perfekte Ballett für das Thema *Sex und Tod*. Dunkelheit, Besessenheit. Verdammt, Nureyev hat es getanzt, also verstehe ich nicht, warum Liz so dagegen ist."

„Ich denke, sie macht sich Sorgen, im Zeitalter von *MeToo* Gewalt gegen Frauen zu glorifizieren", sagte Serena trocken. Sie wählte einen fertig gerollten Joint aus Kristofs silbernem Zigarettenetui aus und zündete ihn an. Sie hustete sofort und verzog das Gesicht. Marihuana hatte sie noch nie gemocht. Es machte sie benommen, während ihr Kokain übermenschliche Energie verlieh. Kristof sah verärgert aus und entriss ihr den Joint.

„Verschwende es nicht. Das ist beste Qualität."

Serena sah ihn verschlagen an. „Von wem bekommst du sauberen Urin? Ich weiß, du musst ihn von irgendjemandem bekommen, von einem der Jungs. Wer schuldet dir einen Gefallen, Kristof?"

Seine Augen funkelten gefährlich und Serena spürte, wie ein Schauder der Angst durch sie schoss. Dass Kristof gnadenlos war, war bekannt, aber in diesem Moment sah Serena etwas anderes in seinen Augen und das Wort, das ihr in den Sinn kam, war ... wahnsinnig. *Scheiße.*

„Egal." Sie griff erneut nach seinem Schwanz und diesmal gelang es ihr, ihn hart zu bekommen. Sie setzte sich auf ihn, nahm ihm sanft das Notizbuch weg und fuhr mit der Hand über seine Brust, während sie sich langsam auf seinem Schwanz niederließ.

Kristofs Gesichtsausdruck änderte sich von Verärgerung zu Befriedigung, sobald sie anfingen, wieder zu ficken. Als Serena sich auf ihm bewegte, packte er sie an den Haaren, presste seinen Mund an ihren und stöhnte: „Oona ... Oona ... es tut mir leid. Es tut mir so leid ..."

Serena wartete, bis er eingeschlafen war, um zu weinen.

KAPITEL NEUN

„Nochmal."

Boh biss die Zähne zusammen und kehrte zu ihrer ersten Position zurück. Die Kombination war schwierig, aber sie wusste, dass sie sie beherrschte. Kristof war nur ein Arschloch. Ob er wusste, dass sie sich jetzt eigentlich mit Pilot treffen sollte, wusste sie nicht, aber die Tatsache, dass sie allein im Studio bleiben musste, nachdem Vlad und Jeremy bereits gegangen waren, ließ sie es vermuten. Sie tanzte die Kombination noch zweimal für ihn, jedes Mal perfekt.

Kristof seufzte, als sie mit einer Arabeske abschloss. „Nochmal."

„Nein." Liz Secretariat betrat den Raum und lächelte Boh an. „Schon vom Flur aus konnte ich sehen, dass du perfekt warst, Boh. Kristof, wir müssen reden, Boh, du kannst gehen."

„Wer zum Teufel bist du, um... oh, zur Hölle damit." Kristof seufzte. „Hau ab", knurrte er Boh an, die ihm hinter seinem Rücken den Mittelfinger zeigte. Liz versteckte ein Lächeln und zwinkerte Boh zu, als sie ging.

Boh rannte in die Umkleidekabine und zog sich halb aus, noch bevor sie dort ankam. Nach einer schnellen Dusche streifte sie ein sauberes Trikot, einen Rock und ein Sweatshirt über. Sie und Pilot machten heute Probeaufnahmen und erarbeiteten die Bewegungen, die sie für ihn ausführen würde.

Sie lief durch die verregneten Straßen Manhattans und ihre Aufregung, ihn wiederzusehen, machte sie atemlos. Ihr war beinahe schwindelig.

Er wartete in seinem Atelier auf sie und küsste sie auf die Wange, als sie den Raum betrat. „Du bist klatschnass."

Boh zuckte mit den Schultern, erlaubte ihm jedoch, ihr den Mantel auszuziehen und sie in ein Handtuch zu wickeln. „Komm und wärme dich auf. Ich habe Kaffee."

Sie setzte sich in sein riesiges Handtuch gekuschelt und trank Kaffee, während er ihr einige Ideen vorstellte. „Um ehrlich zu sein, müssen die Schritte alle von dir kommen ... Ich habe nur eine vage Vorstellung von den Formen, die ich in Tanz umwandeln möchte. Könntest du das?"

Boh nickte und liebte es, Pilot im kreativen Modus zu sehen. „Nur zu gern." Sie schaute auf den Boden des Studios. Abgeschliffene Holzbretter, die hoffentlich ein wenig nachgeben würden. Er sah sie an und lächelte.

„Ich gebe zu ... ich habe den Boden speziell für dich erneuern lassen, so gut ich konnte. Teste ihn für mich."

Boh schlüpfte in ihre Ballettschuhe und zog ihr Sweatshirt aus. Sie trug nur ihr Trikot und einen kurzen Rock um die Taille. Sie sah, wie Pilots Augen sich auf ihre Brustwarzen senkten, die sich wegen der Witterung durch den dünnen Stoff aufgerichtet hatten. Als er schnell wegschaute, lächelte sie. Sie sehnte sich danach, dass er sie berührte, und fantasierte davon, seine Hand zu ergreifen und sie an ihre Brust oder zwischen ihre Beine zu drücken, zwang sich jedoch, sich zu konzentrieren.

Sie ging dorthin, wo er die Kamera aufgestellt hatte, und positionierte sich davor. „Soll ich Freestyle tanzen?"

„Was auch immer sich natürlich für dich anfühlt, Baby."

Baby. Ein lustvoller Schauder prickelte über ihren Rücken. Sie begann mit kleinen, aber feinen Bewegungen, dann folgten kühnere *jetés* und Pirouetten.

„Stell dir vor, du kämpfst gegen den Blitz", sagte Pilot, dessen Augen durch die Kamera auf sie gerichtet waren, „oder dass *du* der Blitz bist."

„Vielleicht würde ein bisschen Musik helfen." Sie lief zu ihrer Tasche und zog ihren MP3-Player heraus. Pilot steckte ihn in seine Stereoanlage ein und sie ging die Wiedergabeliste durch, bis sie das gewünschte Lied gefunden hatte. Im nächsten Moment dröhnte *Raise Hell* von Dorothy durch das Studio und Pilot grinste.

„Gute Wahl."

Inspiriert von der Rockmusik ließ Boh sich fallen und sprang und wirbelte für ihn herum, manchmal lächelnd, manchmal mit einem entschlossenen, wilden Gesichtsausdruck. Pilot drückte den Auslöser und rief Ermutigungen über die Musik. Gelegentlich hielt er inne, um Requisiten ins Bild zu ziehen, etwa eine alte, mit Farbe bespritzte Kiste, auf die sie sich stellen konnte, oder ein schweres, altes Seil, das sie um ihren Körper wickelte.

„Meine Güte, Boh", sagte er, als sie stehenblieb, um zu Atem zu kommen, „du gehörst vor eine Kamera. Manche Bilder sind gut genug für die Ausstellung, dabei fangen wir gerade erst an."

„Ich denke, das liegt an dir, Pilot, nicht an mir." Sie war etwas außer Atem, lachte aber. Als sie zu ihm ging, um sich die Aufnahmen anzusehen, schnappte sie nach Luft. „Bin das wirklich ich?"

Pilot kicherte. „Ja, wirklich. Verstehst du, was ich meine? Du bist eine Göttin."

Sie standen dicht nebeneinander – sehr dicht. Bohs linke Brust lag an seinem Oberkörper, als sie sich vorbeugte, um in seine Kamera zu sehen. Sie schaute in seine Augen und ihre

Blicke waren fest miteinander verbunden. Einen langen Moment starrten sie sich an, dann lächelte Pilot.

„Wir könnten jetzt langsamer machen und flüssige Bewegungen ausführen."

Ihr Herz schlug schnell und sie zwang sich, sich von ihm zu entfernen. „Ich habe an etwas gearbeitet", sagte sie zu ihm und etwas Nervosität schlich sich in ihre Stimme. „Es hat noch niemand gesehen, aber wenn du möchtest ..."

„Es wäre mir eine Ehre."

Zitternd wechselte Boh die Musik der Stereoanlage. „Kennst du Olafur Arnalds?"

„Den isländischen Komponisten? Ja."

Sie lächelte zufrieden. „Er hat einen Song namens *Reminiscence*, den ich liebe. Sobald ich ihn hörte, wollte ich dazu tanzen. Er ist sehr speziell, aber ..."

Sie begann, sich zu der Musik zu bewegen, und verwendete eine Kombination aus Ballett- und Freestyle-Tanz zu der düsteren, zarten Musik. All ihre Emotionen legte sie mit geschlossenen Augen in ihren Tanz und ließ alles darin einfließen – den Schmerz über ihre Familie, ihre Liebe zu ihrer Kunst und ihre verborgene Sinnlichkeit. Sie hörte anfangs noch das Klicken von Bohs Kamera, aber als es aufhörte, öffnete sie ihre Augen und sah ihn an.

Er fotografierte nicht mehr, sondern beobachtete sie und seine grünen Augen waren voller ... was? Sie setzte den Tanz fort, kehrte aber immer wieder zu seinem Blick zurück. Jetzt tanzte sie für ihn allein und drückte ihre Sehnsucht und ihr Verlangen nach ihm mit ihrem Körper aus.

Als die Musik endete, trat sie zu ihm und ließ ihre Fingerspitzen über seine Wange gleiten. Sie hörte seinen gepressten Atem und lächelte. Ganz langsam zog sie die Träger ihres Trikots herunter und legte ihre Brust frei. Einen Moment dachte sie, er würde sich zurückziehen, aber dann neigte er den Kopf und legte den Mund um ihre Brustwarze.

Boh schwankte ein wenig und erwartete nicht den Ansturm der Lust, der ihre Adern durchflutete. Sie vergrub ihre Finger in seinen Locken, als seine Zunge die Knospe reizte und sein Mund hungrig daran saugte. Seine Arme schlangen sich um ihre Taille und zogen sie an sich, und sie spürte seinen dicken, langen Schwanz in seiner Jeans und wusste, wie sehr er sie wollte.

Er sah auf und sie nickte bei der Frage in seinen Augen. Ihr Körper schrie nach seiner Berührung. Seine Hände wanderten zu dem Dutt auf ihrem Kopf und lösten ihn, sodass ihre Haare über ihren Rücken flossen.

„Boh, ... bist du sicher?"

Sie nickte wieder und traute sich nicht zu sprechen, um den Zauber nicht zu brechen. Pilot nahm sie in die Arme und trug sie zu der Couch an der gegenüberliegenden Wand des Ateliers. Sie ließ ihren Kopf auf seine Schulter fallen und legte die Lippen an seinen Hals, und als er sie niederlegte, bedeckte er ihren Körper mit seinem. Er strich die Haare aus ihrem Gesicht und seine Augen waren voller Verlangen.

Sie küsste ihn und ihr Mund erkundete seine Lippen, während ihre Hände unter sein T-Shirt wanderten, um seinen Bauch zu streicheln, dessen Muskeln unter ihrer Berührung zitterten. Pilot griff über seinen Kopf und zog sich das T-Shirt mit einer schnellen Bewegung aus.

Boh seufzte beim Anblick seiner breiten Schultern und harten Brustmuskeln und zog das kleine Tattoo auf seinem Arm nach. „Was ist das?"

„Tut mir leid, dass ich nicht origineller bin", er grinste und küsste ihren Hals, „aber das ist nur das Familienwappen."

„Nein, ich mag es." Sie zitterte, als er ihr das Trikot sanft abstreifte und ihren Bauch freilegte. Er bückte sich, um die weiche Haut zu küssen, und seine Zunge umkreiste ihren Nabel.

„Himmel, du bist wunderschön", murmelte er und seine Finger bewegten sich zum Verschluss ihres Rocks.

Dann erstarrten beide, als jemand gegen die Tür schlug. „Pilot!"

„Fuck." Pilot löste sich von Boh und zog sein Oberteil wieder an. Er reichte Boheme ihr Sweatshirt. „Tut mir leid, Baby. Ich versuche, sie loszuwerden."

Er rannte zur Tür und öffnete sie. Boh war schockiert, aber sie schlüpfte in ihr Sweatshirt und tat so, als würde sie ihre Ballettschuhe binden.

„Eugenie ... was machst du hier?" Pilot klang verärgert – und erschöpft.

Eine klapperdürre blonde Frau schob sich an ihm vorbei. „Du solltest mich zurückrufen, Pilot. Ich habe Nachrichten hinterlassen. Was ..." Sie hielt inne, als sie Boh sah. Boh erwiderte den Blick und hielt ihr Gesicht neutral.

„Hallo", sagte sie höflich. Die blonde Frau – Eugenie – starrte sie an.

„Und wer zum Teufel ist das?"

„Nicht", sagte Pilot mit einer Stimme wie Eis, „dass es dich etwas angeht, aber das ist Boh. Sie posiert für meine Ausstellung. Boh ist Prinzipaltänzerin beim *NYSMBC*. Ich weiß, du hast schon davon gehört – hast du Wally nicht nach ihrem letzten Benefiz-Event gefickt?"

Boh zuckte zusammen, aber Eugenie ignorierte die Attacke. Sie ging zu Boh, um sie sich genauer anzusehen. Boh wich nicht zurück. Sie konnte Alkohol im Atem der Frau riechen und den Kokainstaub auf ihrer Oberlippe sehen.

Eugenie musterte sie von oben bis unten. „*Du* bist Prinzipaltänzerin?"

„Ja." Boh hielt ihre Stimme neutral, weder freundlich noch unhöflich.

Eugenie grinste. „Bist du überhaupt Amerikanerin?"

„Okay, es reicht." Pilot packte Eugenie am Oberarm und führte sie zur Tür. Eugenie kicherte. „Sie behauptet, Prinzipaltänzerin zu sein, Pilot, aber ich vermute, dass sie nur die Putzfrau ist ..."

Mit wütendem Gesicht stieß Pilot sie aus dem Atelier und knallte die Tür zu. Er drehte sich zu Boh um, die geschockt dastand. War das gerade wirklich passiert? Hatte diese dürre Schlampe sie wirklich als Putzfrau bezeichnet? Boh hatte in ihrem Leben schon so viel Rassismus erduldet, dass sie damit rechnete, aber so plötzlich und aus heiterem Himmel?

„Boh, es tut mir so leid, ich ..."

„Wer zum Teufel war das?" Sie sah ihn mit ungläubigen Augen an.

Pilots Schultern sackten zusammen. „Meine Ex-Frau."

„Du warst *damit* verheiratet?" Boh erkannte, dass ihre Stimme höher wurde, aber der Schock, dass sie fast mit ihm geschlafen hatte, bis sie unterbrochen wurden ...

Pilot nickte und sie bemerkte, wie müde und verzweifelt er aussah. Ihr Gesicht wurde weicher, und sie ging zu ihm und schlang ihre Arme um ihn. „Es ist in Ordnung."

Er vergrub sein Gesicht an ihrer Schulter. „Das ist es nicht", seine Stimme war gedämpft, „aber es ist meine Realität." Er sah auf und Boh war gerührt von dem Schmerz in seinen Augen. „Es tut mir so leid, Boh."

„Es ist nicht deine Schuld." Sie legte ihre Hand an seine Wange. Er lehnte sich in ihre Berührung und sie strich mit ihrem Daumen über sein Gesicht. „Was hat sie dir angetan?" Ihre Stimme war ein Flüstern.

Pilot schüttelte den Kopf. „Ich möchte wirklich nicht darüber reden, wenn es dir nichts ausmacht."

„Es macht mir nichts aus." Sie lächelte. „Wir sind noch nicht soweit, dass wir jedes Detail unserer Vergangenheit miteinander teilen müssen."

Pilot lächelte sie an. „Und obwohl ich mich nach nichts mehr sehne, als danach, dich zu lieben, Boh ... ist es auch dafür noch zu früh. Es tut mir leid wegen vorhin."

Sie war nicht verletzt, weil sie wusste, dass er recht hatte. „Ich weiß."

Er sah sie an. „Ich möchte alles richtig machen", sagte er mit ernsten Augen. „Lass uns zusammenarbeiten und uns verabreden ... Alles geht heutzutage so schnell. Was ist mit Vorfreude? Was ist mit langsam wachsender Leidenschaft?" Er drückte seine Lippen auf ihre. „Es gibt so viel zu bedenken, wenn wir uns dafür entscheiden, eine Beziehung zu wagen. Aber im Moment ist das, was ich am dringendsten brauche, Spaß, Boh."

Sie kicherte. „Den kannst du haben." Sie seufzte. „Aber ich denke, ich sollte jetzt gehen."

Er lächelte. „Bitte bleib. Wir können Pizza bestellen, alte Filme anschauen und über die Bilder sprechen, die wir gemacht haben."

Boh überlegte. Ihre Gefühle tobten immer noch in ihr und ihr Verlangen nach Pilot war überwältigend, aber die Stimmung war von seiner bösartigen Ex-Frau ruiniert worden. Wollte sie wirklich, dass ihr erstes Mal mit ihm davon überschattet wurde?

Nein.

Aber sie wollte auch nicht gehen. Sie berührte sein Gesicht. „Das wäre schön." Sie wurde mit dem jungenhaften Lächeln, das sie so liebte, belohnt. Sie ließen sich auf der Couch nieder, als ihr Essen kam, schauten Filme und redeten bis spät in die Nacht. Dann schliefen sie eng umschlungen auf der Couch ein. Kurz bevor ihr die Augen zufielen, lächelte Boh, als sie Pilots Lippen an ihren spürte, und wünschte, sie könnte für den Rest ihres Lebens so einschlafen.

10

KAPITEL ZEHN

Kristof feierte. Nachdem Boh gegangen war, hatten er und Liz sich endlich zusammengesetzt, um über seine Show zu sprechen. „*The Lesson*", sagte er fest und hob die Hände, bevor sie mit ihm streiten konnte. „Das ist nicht verhandelbar. Du kennst meine Gründe – es ist das ultimative Ballett über Sex und Tod."

Liz seufzte. „Und das umstrittenste." Sie überlegte einen Moment und drehte sich dann wieder zu ihm um. „Gut. Ich bin damit einverstanden, wenn wir es mit Auszügen aus Balletten mit einer weicheren Seite kombinieren. *Romeo und Julia* und *La Sylphide*."

Kristof nickte. „Also gut. *La Sylphide* zuerst, dann *Romeo und Julia*, dann *The Lesson* als Finale." Er erinnerte sich an ein Versprechen. „Boh und Vlad für *La Sylphide*, Serena und Jeremy für *Romeo und Julia*, dann Boh und Elliott für *The Lesson*. Das ist, was ich will, Liz."

„Beförderst du Serena zur Prinzipaltänzerin?"

„Auf keinen Fall. Sie bleibt Solistin, aber ich brauche ein anderes Gesicht für *Romeo und Julia*."

Liz musterte ihn. „Ist Boh bereit?"

„Mehr als bereit, trotz allem, was ich ihr sage. Es schadet nicht, sie im Ungewissen zu lassen." Kristof seufzte und rieb sich abwesend die Nase. Liz entging die Bewegung nicht.

„Du denkst daran, deine Urinprobe für den Test einzureichen, okay?"

Kristof lächelte sie an. „Pünktlich jeden Freitagmittag. Mach dir keine Sorgen, Liz. Ich weiß, was ich tun muss, um meinen Job zu behalten."

ALS ER EIN Taxi zu seiner Wohnung in Lenox Hill nahm, lächelte Kristof vor sich hin. Ob er Drogen nahm oder nicht, spielte nach der Aufführung keine Rolle mehr. Seine Arbeit würde als bahnbrechend, überwältigend und dramatisch gepriesen werden und mit Boh als erste indisch-amerikanische Prinzipaltänzerin ... eröffneten sich grenzenlose Möglichkeiten.

Er öffnete die Tür der Wohnung und kickte einen Haufen Post in die Ecke. Er sah nicht einmal hin, weil er wusste, was die braunen Umschläge bedeuteten. Er würde warten, bis die Briefe mit dem roten Stempel *Mahnung* bei ihm ankamen. Er hatte wichtigere Dinge, um die er sich Sorgen machen musste.

Jetzt, da er grünes Licht bekommen hatte, wollte er endlich vorankommen. Er hatte Proben angesetzt und die Tänzer erwarteten lange Übungsstunden. Sie mussten absolut perfekt sein.

Er lächelte, setzte sich an seinen Schreibtisch und ergriff frisches Papier und Bleistifte. Noch vor Ende der Woche würde er den Entwurf fertighaben, um mit den Tänzern an der Choreografie zu arbeiten.

Ausnahmsweise kokste sich Kristof dieses Mal nicht in die Bewusstlosigkeit. Er musste seinen Verstand scharf halten. Während er Schrittkombinationen notierte und Kostüme zeichnete, stellte er sich seine Boh als die Schülerin in *The Lesson* vor, die entsetzt zurückwich, wenn der Lehrer sich ihr mit seinem Messer näherte.

BOH ERWACHTE UND LÄCHELTE, als sie Pilot neben sich schlafen sah. Sie beobachtete ihn. Seine langen Wimpern waren dunkel auf seinen Wangen, und sein Bart war jetzt ein wenig länger. Sie zog sanft die dunkelvioletten Ringe unter seinen Augen nach und er öffnete sie, sodass ihr strahlendes Grün aufleuchtete.

„Guten Morgen."

Er lächelte und drückte seine Lippen an ihre. „Guten Morgen, meine Schöne."

Sie erwiderte seinen Kuss. „Ich wache gern mit dir auf, Pilot."

Er grinste und als sie sich aufrichteten und sich streckten, zog er sie an sich und hielt sie fest. „Würdest du mir glauben, wenn ich sage, dass ich letzte Nacht besser auf dieser alten Couch geschlafen habe als in den letzten Jahren, vielleicht sogar im letzten Jahrzehnt?"

„Ich auch. Wäre es kitschig zu sagen, dass es die beste Nacht meines Lebens war?" Boh strich seine dunklen Locken aus seinem Gesicht. „Okay, das war kitschig, aber es stimmt. Bei dir fühle ich mich so sicher, Pilot, so ... umsorgt."

Er lächelte. „So ... *geliebt*?"

Ihr Herz setzte einen Schlag aus. „Was?"

Er grinste. „Ich will nicht übertreiben, aber zwischen uns ist etwas Bemerkenswertes. Ich habe noch nie so empfunden ..." Er suchte nach den richtigen Worten und sah sie dann an. „Es fühlt sich einfach richtig an, weißt du? Mein Instinkt sagt mir, dass wir dazu bestimmt waren, einander zu begegnen."

„Ich fühle es", sagte sie einfach. „Ich fühle es auch." Sie lehnte ihre Stirn an seine. „Und ... danke. Vielen Dank für letzte Nacht vor ... *dieser Frau* und danach. Die meisten Männer hätten sich unabhängig von meinen Gefühlen genommen, was sie wollen."

Pilot küsste sie erneut und seine Lippen waren zärtlich gegen ihre. „Ich bin nicht wie die meisten Männer."

„Das kannst du laut sagen." Ihr Blick wanderte zu der Uhr an der Wand des Ateliers. „Verdammt. Ich muss in dreißig Minuten auf Arbeit sein."

„In dem kleinen Badezimmer nebenan gibt es eine Dusche." Er grinste. „Ich würde mich dir anschließen, aber ich glaube nicht, dass du es in einer halben Stunde auf die Arbeit schaffst, wenn ich das tue."

Boh lachte. „Das kann ich mir vorstellen."

Als sie im Badezimmer fertig war – zum Glück hatte sie immer frische Unterwäsche in ihrer Tasche dabei –, stellte sie fest, dass Pilot eine Thermosflasche mit Kaffee für sie vorbereitet hatte. „Ich habe hier kein Müsli oder Brot, aber du kannst das haben." Er gab ihr einen Energieriegel und sie lächelte.

„Das Frühstück der Champions."

„Soll ich dich zum Studio bringen?"

Sie schüttelte den Kopf. „Du hast Arbeit zu erledigen, Baby." Sie errötete ein wenig bei dem Kosenamen, der ungebeten aus ihrem Mund gekommen war, aber sein Lächeln war es wert.

Er küsste sie zum Abschied an der Tür. „Ich rufe dich später an."

„Ich kann es kaum erwarten."

WÄHREND SIE ZUR Arbeit ging und den Kaffee trank, den er für sie zubereitet hatte, hatte Boh das Gefühl, dass die letzte Nacht ein Traum gewesen war. Sie hatte ihm die Wahrheit gesagt, als sie ihm anvertraute, dass sie sich sicher fühlte. Einem Mann so nah zu sein war immer traumatisierend gewesen, wenn er kein Ballettänzer war, aber bei ihm …

Boh fragte sich, warum ihr sanfter, liebenswürdiger Pilot jemals diese blonde Rassistin geheiratet hatte. Bohs Gesicht musste finster ausgesehen haben, denn eine Frau, die neben ihr an einem Fußgängerübergang stand, wirkte alarmiert und ging auf Abstand. Boh lächelte sie entschuldigend an und als sie über die Straße gingen, dachte sie wieder an Pilots Ex. Als sie ihn gegoogelt hatte, hatte sie erfahren, dass seine Ex-Frau von der Upper East Side kam und regelmäßig wohltätige Zwecke unterstützte. Es gab nichts Wohltätiges an der Frau, die sie gestern Abend getroffen hatte.

„Hey, warum schaust du so ernst? Hat dich jemand geärgert?" Sie hatte Elliott nicht gesehen, der neben ihr auf das *NYSMBC*-Gebäude zuging. Sie grinste ihn an. Elliott war einer ihrer Lieblingskollegen und ein exquisiter Tänzer.

„Ah, niemand wichtiges. Ich habe das Gefühl, wir haben uns schon ewig nicht mehr unterhalten, El."

„Ich habe Neuigkeiten. Jeremy hat mir vorhin eine SMS geschickt – Kristof hat die Erlaubnis bekommen, *The Lesson* zu machen."

Boh hob die Augenbrauen. „Wirklich? Ich dachte, Liz würde alles tun, um das zu verhindern."

„Er hat es irgendwie durchgeboxt. Sie hat ihn allerdings dazu gebracht, *Romeo und Julia* damit zu kombinieren – mach nicht so ein Gesicht, manche von uns mögen es." Elliott lachte bei ihrer Grimasse. „Ich habe aber kaum Hoffnung, dass ich eine der Hauptrollen bekomme. Sie werden an Jeremy und Vlad gehen."

Boh musterte ihren Freund. „Bist du immer noch in Jeremy verknallt?"

„Ich glaube, ich komme langsam voran. Wir haben neulich zusammen abgehangen, getrunken und Pizza gegessen. Es war gut."

„Irgendwelche sexy Aktivitäten?" Boh lächelte ihn an, aber

innerlich war sie verärgert. Sie wusste, dass Jeremy Elliotts Schwärmerei für ihn ausnutzte, und glaubte keine Sekunde, dass Jeremy die Absicht hatte, mit Elliott zusammen zu sein. Aber sie konnte sich nicht einmischen – es stand ihr nicht zu. Sie hoffte nur, dass Elliott nicht verletzt wurde.

„Nein, aber weißt du, langsam wird es heiß."

Boh lächelte und erinnerte sich daran, was Pilot am Vorabend gesagt hatte. „Ich weiß genau, was du meinst."

Elliott stieß sie mit der Schulter an. „Wie kommt es, dass du *Romeo und Julia* so sehr hasst?"

Weil mein Vater es liebt. „Es ist dieser ganze Teenager-Hysterie-Kram. Ich meine, ihre Familien sind reich und sie sind nur ein paar Jahre davon entfernt, erwachsen zu sein und offiziell zusammen sein zu können. Warum bringen sich die Idioten also um?"

Elliott grinste. „Glaubst du nicht an Liebe auf den ersten Blick?"

Sie war bereit, Nein zu sagen, ihre übliche Antwort, aber jetzt wusste sie nicht mehr, ob es die Wahrheit war. In Anbetracht dessen, wie sie vom ersten Tag an für Pilot empfand – unterschied es sich wirklich von der Liebe zwischen Shakespeares Teenie-Pärchen?

Sie schob den Gedanken weg. *Ich bin nicht in Pilot Scamo verliebt. Noch nicht.* Als sie ins Gebäude zu den Umkleidekabinen gingen, hörten sie Serenas hohe, schrille Stimme.

„Ich meine, warum? Warum darf sie sich im Scheinwerferlicht sonnen? Was ist so besonders an ihr?"

Boh und Elliott sahen sich an und verdrehten die Augen. Serena konnte sich nur über Boh aufregen ... schon wieder.

„Boh ist Prinzipaltänzerin, ob es dir gefällt oder nicht, Serena", sagte Grace, als Boh und Elliott in den Umkleideraum traten. Grace zwinkerte Boh zu, die sie angrinste. Dann sah

Grace Serena an. „Sei einfach dankbar dafür, dass du im mittleren Segment die Hauptrolle bekommen hast."

Boh hob ihre Augenbrauen und ihre Freundin lächelte. „Du hast die Hauptrollen in *La Sylphide* und *The Lesson*. Glückwunsch. Niemand könnte einen besseren Job machen."

„Danke, Gracie."

„Meine Güte." Elliott hielt ein Blatt Papier in der Hand. Er blickte mit erstaunten Augen auf. „Ich bin dein Partner in *The Lesson*."

Boh freute sich für ihren Freund. Er schuftete seit Jahren im *corps de ballet* und hatte bei den Hauptrollen meist gegen Vlad und Jeremy verloren. Als Vlad anstatt von Elliott zum Prinzipaltänzer befördert worden war, war dieser am Boden zerstört gewesen. Jetzt war er überwältigt und hob Boh hoch, um sie herumzuwirbeln.

Alle außer Serena lachten. Sie knallte ihr Make-up auf den Schminktisch und stürmte aus dem Raum. „Ding Dong, die Hexe ist tot", sang Vlad mit seinem russischen Akzent.

Ihre gute Laune hielt bis zu Kristofs Unterricht am späten Nachmittag an, der auf drei Stunden verlängert worden war. Er ließ sie hart arbeiten und kritisierte jeden *plié* und *port des bras*. „Ihr seht aus wie ein Haufen verdammter Bauarbeiter", zischte er sie an.

Elliott begann, *YMCA* zu singen, und die anderen kicherten. Kristof fuhr herum und sie hielten den Mund. Seine verengten Augen richteten sich auf Elliott. „Findest du das lustig?"

Elliott schloss den Mund, aber Boh bemerkte ein kleines Grinsen um seine Lippen. Er begegnete Kristofs Blick und etwas passierte zwischen ihnen, aber sie verstand nicht, was.

Kristof stieß einen Seufzer aus, machte dann aber weiter. Seltsam. Normalerweise würde er durchdrehen und ein Exempel statuieren. Dass er das heute nicht tat, beunruhigte sie unwillkürlich.

. . .

Am Ende des Tages war Boh erschöpft. Kristof zwang sie, die Choreografie von *La Sylphide* immer wieder zu wiederholen, und jetzt, als sie ihre Schuhe auszog, waren ihre Zehen blutig. Sie hoffte, dass Pilot keinen Fußfetisch hatte, denn jede Ballerina würde sagen, dass ihre Füße nur in Spitzenschuhen schön aussahen, während sie tanzte.

„Ah", sagte sie und zuckte zusammen, als sie ein loses Stück von ihrem Zehennagel abriss. Es hätte schlimmer kommen können, aber am allerschlimmsten war das Schwindelgefühl.

Es hatte gegen vier Uhr nachmittags angefangen und obwohl Boh durchgehalten hatte, hatte sich ihr Zustand im Lauf der Zeit immer weiter verschlechtert. Sie warf einen Blick auf die Uhr. Sieben Uhr abends. Sie wartete, bis der Umkleideraum leer war, lehnte ihren Kopf an die kühle Fliesenwand und schloss die Augen. Helle Funken blitzten hinter ihren Augenlidern auf und sie hatte das Gefühl, sich übergeben zu müssen.

Ihr Handy piepste. *Bist du fertig? Soll ich dich abholen? P x*

Bevor sie antworten konnte, kam Grace zu ihr, warf einen Blick auf sie und kniete sich neben sie. „Hey ... ist dir wieder schwindelig?"

„Wieder?"

Grace lächelte sie sanft an. „Du hast dich häufig übergeben und auf deinem Nachttisch stehen extra starke Eisentabletten. Wir wohnen zusammen, Boh." Sie berührte die Haut unter Bohs Augen. „Anämie?"

Boh nickte. Sie hätte ahnen sollen, dass Grace es herausfinden würde – ihr entging nichts.

Grace sah sie stirnrunzelnd an. „Wie lange geht das schon?"

„Ein paar Monate. Es ist nicht so schlimm, aber manchmal ..."

„Komm. Ich füttere dich mit Steak und Spinat, Popeye."

Sie half ihr auf die Beine, aber Boh zögerte und Grace lächelte plötzlich. „Hast du etwa ein besseres Angebot?"

„Kein besseres Angebot", protestierte Boh, die die Gefühle ihrer Freundin nicht verletzen wollte, aber Grace lachte.

„Er ist ein Schatz, soweit ich höre", sagte sie und senkte ihre Stimme. „Nelly hat ihn in den höchsten Tönen gelobt, als ich neulich in ihrem Büro war. Aber seine Ex-Frau ist eine Hexe."

Boh kicherte. „Ja, ich habe sie letzte Nacht getroffen. Sie hat es verdient, so genannt zu werden."

„Hast du bei ihm übernachtet?"

„In seinem Atelier auf der Couch." Boh spürte, wie ihr Gesicht rot wurde, aber sie konnte ihr Lächeln nicht verbergen und Grace kicherte.

„Bereit?"

Boh blinzelte. „Wofür?"

Grace grinste breit. „Für die erste – und hoffentlich letzte – Liebe deines Lebens?"

SELBST IHR UNGESCHMINKTER Anblick mit zerzausten Haaren war wie ein Schuss reinen Heroins in Pilots Adern – nicht, dass er wusste, wie sich das anfühlte –, aber er konnte sich nicht vorstellen, dass es besser wäre, als von Boh angelächelt zu werden. „Hey, schönes Mädchen."

„Hey, hübscher Mann."

Er stieß sich von seinem Auto ab, wo er sich angelehnt hatte, und nahm sie in die Arme. Boh küsste ihn, aber als sie sich zurückzog, schwankte sie ein wenig und er fing sie auf. „Bist du okay?"

„Mir ist etwas schwindelig, das ist alles."

Er führte sie zum Beifahrersitz des Wagens. „Brauchst du einen Arzt?"

Sie lächelte ihn an. „Nein, mir geht es gut. Ich bin nur erschöpft."

Pilot streckte die Hand aus und streichelte zärtlich ihr Gesicht. „Willst du mit zu mir nach Hause kommen? Ich kann kochen."

„Ach ja?"

„Ich bin Halbitaliener, erinnerst du dich?" Er grinste, als sie lachte, und hörte, wie sie glücklich seufzte. Er strich mit seinen Lippen über ihre, dann sah er aus dem Augenwinkel Kristof, der vor dem Gebäude stand und sie beobachtete. Pilot löste sich von Boh und schickte Kristof einen sarkastischen Gruß.

Boh sah sich um und stöhnte. „Schnell, fahr los, bevor er entscheidet, dass ich weitere drei Stunden üben muss."

„Das werde ich nicht zulassen", sagte Pilot mit fester Stimme. Er sah, wie Kristof seine Zigarette wegwarf und auf das Auto zuging. *Nein, Arschloch. Sie ist müde und kommt mit mir nach Hause.* Er war versucht, Kristof den Mittelfinger zu zeigen, hielt sich aber zurück und lenkte stattdessen das Auto vom Bordstein weg.

Als sie sein Zuhause erreichten, schlief Boh. Vorsichtig hob er sie aus dem Auto und trug sie zum Aufzug und in seine Wohnung.

Er zögerte, bevor er sie in sein Schlafzimmer brachte, sie auf das Bett legte, eine Decke über sie zog und die Turnschuhe von ihren Füßen streifte.

Pilot ließ sie schlafen und ging in die Küche, um ihnen etwas zu kochen. Sein Vater war Gastronom gewesen, was wahrscheinlich zu seinem frühen Herzinfarkt im Alter von sechsundfünfzig Jahren beigetragen hatte, aber Pilot und seine Schwester Romana hatten beide viele Stunden mit ihm in den riesigen Küchen in ihrem Landhaus in Italien und ihrer Villa in New York verbracht und das Kochen erlernt.

Heute machte er Gnocchi und rollte den Teig dafür, wie sein Vater es ihm beigebracht hatte. *Pa, du wärst stolz auf mich – und du würdest Boh lieben.* Nachdem er die winzigen Teigkugeln geformt hatte, bedeckte er sie mit einem feuchten Tuch, damit er sie kochen konnte, sobald Boh aufwachte.

Während er wartete, fuhr er seinen Laptop hoch und ging die Fotos durch, die sie am Vortag gemacht hatten. Einige davon waren gut genug für die Ausstellung und er hatte ein paar Testaufnahmen an Grady geschickt, um seine Meinung zu hören. Die Antwort kam sofort und bestätigte, was Pilot schon den ganzen Tag gedacht hatte. Grady brachte es direkt auf den Punkt. *Dieses Mädchen. Keine Gimmicks. Kein Thema. Nur sie.*

Pilot hätte ihm nicht mehr zustimmen können. Obwohl er die Idee mit den Faraday-Käfigen immer noch liebte, konnte das warten, bis sie Zeit dafür hatten. Grady hatte recht. Bei diesem Projekt sollte allein Boh im Mittelpunkt stehen.

„Hey."

Er blickte auf und sah, wie sie schüchtern an der Tür zur Küche lehnte. Er ging zu ihr und zog sie in seine Arme. „Hey. Hast du gut geschlafen?"

Sie nickte. „Tut mir leid, dass ich eingenickt bin."

Er küsste sie. „Entschuldige dich nicht. Du warst müde. Hast du Hunger?"

Sie nickte und er nahm ihre Hand. „Komm und schau mir beim Kochen zu."

Sie setzte sich mit einem Glas Rotwein hin und sah zu, wie Pilot ihr Abendessen zubereitete. „Hast du das gemacht? Alles davon?"

Pilot grinste. „Ich habe dir doch gesagt, dass ich kochen kann."

„Gibt es etwas, das du nicht kannst?" Ihre Worte klangen bewundernd und sie sah ihn mit Augen an, die nur mit ... Liebe gefüllt waren. Er räusperte sich und schaute weg. Sein Ego wollte, dass sie glaubte, er sei perfekt, aber das war keine Art, eine Beziehung zu beginnen. „Ich kann vieles nicht, Boh. Ich kann die Fehler, die ich in meinem Leben gemacht habe, nicht korrigieren."

„Niemand kann das, Baby."

„Ich ..." Er brach ab. „Ich habe einen großen Fehler gemacht, Boh, und obwohl ich mit dir so glücklich bin, ist dieser Fehler immer noch ..."

„Eugenie?"

Pilot nickte. „Für einen Mann wie mich, für jeden Mann, der zugibt, dass er von seiner Partnerin misshandelt wurde ... es ist schwer. Aber ich kann keine Beziehung mit dir beginnen, ohne dass du weißt, womit ich es zu tun hatte, falls ... es zurückkommt und uns wieder verletzt. Du bist zweiundzwanzig Jahre alt, Boh, und ..."

„Mein Vater hat mich ab meinem zwölften Lebensjahr sexuell missbraucht", unterbrach ihn Boh mit zitternder Stimme. „Meine Mutter wusste es. Meine Schwestern wussten es auch. Er starb vor Kurzem und ich habe mich geweigert, zur Beerdigung zu gehen. Meine Schwester hat mich eine Hure genannt. Eine *Hure*." Sie stand auf und ging zu ihm. „Und bis zu dem Tag, als ich dich traf, wusste ich nie, was Glück sein könnte. Was Vertrauen, Liebe und Ehrlichkeit bedeuten. Und bis letzte Nacht wollte ich ihn dafür bestrafen, dass er mir wehgetan hat. Aber jetzt will ich deine verdammte Ex-Frau umbringen, weil diese Schlampe dir wehgetan hat."

Pilot war verblüfft über ihr Geständnis und die Offenlegung ihrer schrecklichen Vergangenheit. „Wenn dein Vater nicht schon tot wäre ..."

Sie lächelte grimmig. „Wir haben beide seelische Wunden. Ich weiß, dass wir gemeinsam heilen können." Ihre Stimme war jetzt ein Flüstern und obwohl ihr Gesicht ihre Jugend zeigte, klangen ihre Worte reifer, als er je erwartet hätte.

„Ich liebe dich", sagte Pilot. „Ich liebe dich, Boheme, und wir kennen uns wie lange? Eine Woche?"

"Zeit ist ein menschliches Konstrukt. Es hat nichts mit Liebe zu tun, Pilot Scamo." Sie hob den Kopf, um ihn zu küssen, und seine Lippen pressten sich an ihre.

Boh schaltete den Herd aus, zog das kochende Wasser von der Platte und legte einen Deckel auf die Sauce. Pilot beobachtete sie und als sie ihn ansah, wusste er, was sie vorhatte. "Das können wir später essen, Pilot", sagte sie leise.

"Später?"

Sie blickte unter ihren Wimpern zu ihm auf. "Nachdem …"

Sie nahm seine Hand und führte ihn in sein Schlafzimmer. Ihr offensichtliches Vertrauen wurde durch die Tatsache widerlegt, dass sie unkontrolliert zitterte. Pilot nickte. "Es ist okay", sagte er und legte seine Lippen an ihre, "ich zeige es dir."

Sie nickte und hob ihre Arme, damit er ihr das Sweatshirt über den Kopf ziehen konnte. Pilot ließ ihr Oberteil auf den Boden fallen und bückte sich, um ihren Mund zu küssen, dann bewegte er seine Lippen über ihre Wangen. Seine Finger glitten unter die Träger ihres BHs und zogen sie über ihre Schultern. Boh lehnte sich an ihn, als er ihre Schultern, ihre Schlüsselbeine und ihren Hals küsste.

Pilot schaute ihr ins Gesicht. Er konnte sehen, dass sie Angst hatte, aber er konnte auch ihr Verlangen erkennen. "Baby, ein Wort und ich höre auf, okay?"

"Hör nicht auf." Ihre Stimme war ein Flüstern. Ihre Finger waren in seinen Haaren und streichelten seine dunklen Locken, und er nahm sie in seine Arme und legte sie auf das Bett. Er öffnete langsam ihre Jeans und streifte sie ihr ab, während er ihren Bauch streichelte. Er liebte es, dass sie nicht aus Haut und Knochen bestand, sondern ihre Kurven beibehalten hatte, auch wenn sie durchtrainiert und sportlich war. Er drückte seine Lippen gegen die leichte Wölbung ihres Bauches und erkundete ihren Nabel mit seiner Zunge, bevor seine Hände ihr Höschen über ihre Beine gleiten ließen.

. . .

BOH KEUCHTE, als er tiefer ging und sein Mund ihr rasiertes Geschlecht fand. Seine Zunge liebkoste ihre Klitoris und sie spürte, wie eine Flut aus Emotionen und Vergnügen durch sie hindurchwogte. Er war sanft und hielt sich zurück, weil er offenbar ahnte, dass es für sie der erste einvernehmliche Sex ihres Lebens war. Während sein Mund sie verwöhnte, strömten Tränen über Bohs Wangen, aber sie hatte ein Lächeln auf ihrem Gesicht. Er brachte sie zum Stöhnen und Keuchen und als er das Bett hinaufkletterte, um ihren Mund zu küssen, lächelte sie ihn an.

Pilot küsste die Tränen weg. „Ist alles in Ordnung?"

„Mehr als in Ordnung, Pilot. Das sind Freudentränen, versprochen." Sie griff nach der Erektion in seiner Jeans. „Bitte, Pilot ... ich will dich."

Er zog sich schnell aus und rollte ein Kondom über seinen beeindruckend großen Schwanz. Als er ihre Beine um seine Taille legte, waren seine Augen ernst. „Denk daran, wir können aufhören, wenn du willst."

Sie zog seinen Kopf nach unten, um seinen Mund zu küssen. „Ich will dich", wiederholte sie und Pilot lächelte.

Boh erschrak einen Moment, als sein Schwanz in den Eingang ihres Geschlechts stieß, aber als er sanft in sie hineinglitt, verschwand all ihre Angst. Himmel, dieser Mann ... Während er sie füllte, verließen seine Augen nie ihre und blickten sie fragend an. Sie schlang ihre Schenkel um seine Taille, als sie sich zu bewegen begannen und erst langsam liebten, bevor die Intensität zwischen ihnen wuchs und es immer härter, schneller und tiefer wurde.

Diesmal schoss ihr Orgasmus wie ein Blitz durch sie hindurch, sodass sie aufschrie, den Rücken wölbte und ihn anflehte, niemals aufzuhören. Helle Funken erfüllten ihre Sicht und sie schnappte nach Luft und wünschte sich, dieses Gefühl würde nie enden. In diesem Moment war es ihr egal, ob sie lebte oder starb.

Pilot stöhnte, als sie spürte, wie sich sein Körper bei seinem eigenen Höhepunkt verkrampfte, und sie streichelte sein Gesicht, während er sich erholte. Seine Haut war schweißnass und sein Lächeln breit. „Mein Gott, Boh ..."

Oh, wie ich dich liebe. Aber sie sagte es nicht, weil sie ahnte, dass es für solche Bekenntnisse noch zu früh war, auch wenn sie wusste, dass es die Wahrheit war. „Danke", flüsterte sie. „Du lässt den Schmerz verschwinden."

Pilot lachte ungläubig. „Ich bin gleich zurück, mein wunderschönes Mädchen." Er küsste sie und ging davon, um das benutzte Kondom zu entsorgen. Boh lag auf dem Bett, starrte an die Decke und versuchte, das Chaos der Gefühle zu verarbeiten, das in ihr tobte.

Als Pilot zurückkehrte, streckte sie die Arme aus und er ging zu ihr. Sie küssten sich und Boh streichelte sein Gesicht. „Du bist der wunderbarste Mann der Welt."

Pilot lachte leise. „Das bin ich nicht, aber ich hoffe, es für dich zu sein, Boh." Er ergriff ihre Hand und küsste ihre Fingerspitzen. „Ich muss dich etwas fragen ... Der Altersunterschied – stört er dich nicht?"

Sie schüttelte den Kopf. „Wie ich schon sagte, Zeit ist ein menschliches Konstrukt."

„Ich bin verrückt nach dir, Boheme Dali."

Sie lächelte und küsste ihn. „Pilot?"

„Ja, Baby?"

Ihr Magen knurrte und beide lachten. „Sollen wir jetzt essen?"

„Unbedingt."

Sie bewunderte die perfekte Kartoffelpasta, als sie sich den

Rest ihrer Gnocchi in den Mund steckte. „Du bist ein Genie."

„Ha, es ist wirklich ein sehr einfaches Gericht." Pilot beugte sich vor und fing einen kleinen Tropfen Marinara-Sauce neben ihrem Mund mit dem Finger auf. Sie grinste ihn an.

„Wir machen uns ständig sauber."

Pilot lachte. „Seltsam, dass du das sagst, denn das, was ich im Sinn habe, ist sehr, sehr schmutzig."

Boh grinste und glitt von ihrem Platz, um zu ihm zu gehen. Er schlang seine Arme um sie. „Hör zu, ich habe Neuigkeiten über unser Projekt."

Er zeigte ihr die Bilder, die er Grady Mallory geschickt hatte. Bohs Augen wurden groß. „Das bin ich?"

„Das bist du, Baby. Du strahlst förmlich vor der Kamera." Er zeichnete die Linie ihres Körpers auf einem der Bilder nach. „Schau nur, wieviel Bewegung man in dieser Einstellung sehen kann. Du bist fantastisch."

„Du bist es, der fantastisch ist, Pilot, ich ..."

Pilots Sprechanlage summte und sie sahen sich an. Boh spürte, wie ihr Herz sank. *Bitte, lass es nicht seine Ex-Frau sein ...*

Seufzend ging Pilot ran, aber als er „Hey, Versager, lass mich rein" hörte, lächelte er.

„Es ist Romana, meine Schwester", erklärte er Boh. „Gott sei Dank."

Boh sah besorgt aus. „Soll ich gehen?"

„Verdammt, nein." Er winkte ab. „Romana wird dich lieben. Aber ich warne dich, du wirst das Gefühl haben, von einem freundlichen Orkan erfasst worden zu sein."

Boh kicherte. „Wirklich? Trotzdem", sie blickte auf ihren fast nackten Körper hinunter, „sollte ich mir etwas anziehen."

Im Schlafzimmer streifte sie sich ihr Sweatshirt und ihre Jeans über. Sie hörte draußen Stimmen, Begrüßungen und lautes Italienisch und ging schüchtern zu den Geschwistern.

Romana Scamo war schlank und elegant, aber, wie Boh

erfreut bemerkte, offensichtlich auch ein Wildfang. Sie und Boh trugen beide Jeans und Sweatshirts, aber während Bohs Haare lang und gewellt waren, trug Romana ihr dunkles Haar in einem schulterlangen Bob. Ihre Augen waren dunkelbraun, anders als die ihres Bruders, aber sie war so schön wie er. Sie lächelte Boh an, als diese ins Zimmer kam.

„Hey, *bella*. Pilot hat mir alles über dich erzählt." Sie küsste Boh auf die Wangen. „Es ist wirklich schön, dich kennenzulernen. Pilot spricht seit einer Woche nur über dich."

„Hey, ruiniere nicht mein cooles Image", sagte Pilot grinsend und legte seinen Arm um Bohs Taille. „Boheme Dali, Primaballerina, das ist Romana Scamo, nervige Schwester und unglaubliche Fotografin. Fast so gut wie ihr Bruder", fügte er mit einem Augenzwinkern hinzu, und Boh und Romana lachten.

„Glaube ihm kein Wort. Ich bin *besser*", schoss Romana zurück und musterte Boheme kritisch. „Aber ich würde dafür töten, dich vor meiner Kamera zu haben."

„Hey, machst du etwa meine Freundin an?", neckte Pilot seine Schwester, ohne zu ahnen, wie seine Worte auf Boh wirkten.

Seine *Freundin*. Wow.

Ihre Freude musste sich gezeigt haben, da Pilot ihre Schläfe küsste und Romana strahlte. „Es tut mir leid, dass ich euren romantischen Abend störe, aber ich war in der Nähe und Pilot hat mir versprochen, mir die Fotos von dir zu zeigen, Boh."

„Konntest du den Anhang der E-Mail, die ich dir geschickt habe, nicht öffnen?"

Romana grinste. „Ich gebe zu, dass ich es konnte, aber ich bin trotzdem vorbeigekommen."

„Für Klatsch und Tratsch."

„Du hast mich ertappt."

Alle lachten. Boh entspannte sich. Romana war so warmherzig und freundlich wie ihr Bruder. Als Pilot mit seiner

Schwester über das Projekt sprach, wurde Boh darin einbezogen, als wäre sie bereits Teil der Familie.

„Ich stimme Grady zu", sagte Romana. „Keine Gimmicks. Boh braucht sie nicht. Schau sie dir an ..." Sie beugte sich vor, um die Fotos zu betrachten, und grinste dann. „Du hast recht. Ich bin bereits ein Fan von dir, Boh."

Pilot öffnete eine weitere Flasche Wein, und sie setzten sich auf seine Couch und unterhielten sich bis in die frühen Morgenstunden. Als sie sah, dass Boh kurz vor halb drei erschöpft war, stand Romana auf. „Bist du sicher, dass ich dich nicht nach Hause fahren soll?", fragte Pilot besorgt, aber Romana verdrehte die Augen.

„Es geht mir gut. Hey, Boh, komm her und umarme mich. Ich freue mich darauf, dich noch besser kennenzulernen."

Nachdem sie gegangen war, lächelte Boh Pilot an, der sie zurück ins Bett führte. „Sie ist wunderbar."

„Sie ist verrückt, aber ich liebe sie. Sie ist wie unsere Mutter eine Naturgewalt."

Boh fühlte einen Stich bei der Zärtlichkeit, mit der er über seine Familie sprach, und er bemerkte ihre Zurückhaltung. Sie lächelte ihn an. „Es ist nur ... ich wünschte, ich hätte eine so liebevolle Familie."

„Du hast jetzt jede Menge Liebe, wenn du sie willst."

Sie schliefen nicht wieder miteinander, weil beide zu erschöpft waren, umarmten sich aber fest. „Gute Nacht, Baby."

„Gute Nacht, mein süßes Mädchen."

Sie schmiegte ihre Nase an seine, dann waren seine Lippen auf ihren, bevor sie einschliefen. Als Boh die Augen schloss, fragte sie sich, ob heute Nacht der Anfang eines neuen, glücklichen Lebens war. Konnte sie daran glauben? Sie hoffte es.

. . .

AM MORGEN KAM das Schwindelgefühl zurück. Boh und Pilot liebten sich, aber er konnte sehen, dass etwas nicht stimmte. „Hey, geht es dir gut, Baby? Wir können aufhören."

Boh schüttelte den Kopf und wollte trotz allem in seiner Nähe sein. „Nein, bitte nicht."

Die Übelkeit verhinderte jedoch, dass sie zum Höhepunkt kam, und sie gestand Pilot ihre Krankheit. „Es ist nur eine leichte Anämie. Manchmal überwältigt sie mich, aber das wird schon wieder."

Pilot runzelte die Stirn. „Du solltest dir den Tag freinehmen und dich erholen."

„Ha", sagte sie, „dann bin ich bald arbeitslos."

„Wenn du krank bist, bist du krank. Sie werden es verstehen."

Die Idee, einfach neben Pilot liegenzubleiben, war zu verlockend, aber konnte sie Kristofs Zorn riskieren? Sie setzte sich auf und schüttelte den Kopf. Das war ein großer Fehler. Sie ertrug den Schwindelanfall und lehnte sich in Pilots Arme. „Im Ernst, in ein paar Minuten ist alles wieder in Ordnung. Ich sollte ins Studio gehen. Ein freier Tag ist es nicht wert, Kristof zu verärgern, und er hat uns zusammen wegfahren sehen. Er wird denken, ich bleibe lieber mit dir im Bett, als mit ihm zu tanzen. Was wahr wäre", fügte sie mit einem Grinsen hinzu.

Pilot sah immer noch besorgt aus, nickte aber. „Okay, aber ich werde dich nach einem ausgiebigen Frühstück hinfahren, einverstanden?"

„Klingt gut."

Nachdem sie geduscht und sich angezogen hatte, ging sie in die Küche und lachte. Ein Teller mit Steak, Spinat und Rührei wartete auf sie. „Hattest du zufällig all diese eisenreichen Nahrungsmittel zur Hand?", fragte sie Pilot, der grinste.

„Hey, ich habe Popeye geliebt. Iss auf, Dali."

Sie aß jeden Bissen und bereute es, als sie ihren vollen

Bauch ansah. „Trikots sind gnadenlos", stöhnte sie und grinste dann. „Aber das war wunderbar, danke. Ich werde wahrscheinlich eine Woche nichts mehr essen müssen."

„Ha, versuche das besser nicht in meiner Nähe."

Sie legte ihre Arme um seinen Hals. „Essen, Sex und Kunst mit einem schönen Mann. Ich bin das glücklichste Mädchen auf der ganzen Welt."

Pilot lächelte. Seine Augen waren fröhlich. „Ja, das bist du", sagte er, kitzelte sie und brachte sie zum Kichern. „Bist du sicher, dass du heute arbeiten kannst?"

„Ja. Ich bin so stark wie Popeye."

„Sagt man das so?"

„Jetzt schon."

Pilot lachte und griff nach seinen Schlüsseln. „Komm schon, Popeye, ich fahre dich zur Arbeit."

„Du weißt, dass dich das zu Olive Oyl macht, oder?"

„Tut es nicht."

„Tut es doch."

Sɪᴇ ꜱᴄʜᴇʀᴢᴛᴇɴ auf der Fahrt und Boh lächelte immer noch, als sie in Kristof Mendelevs Studio trat – und in einen Albtraum.

11
___

KAPITEL ELF

„Du bist schon wieder zu spät", knurrte Kristof sie an, aber Boh ignorierte ihn. Sie war nicht zu spät, darauf hatte sie geachtet. Trotzdem sahen die anderen Tänzer bereits erschöpft aus – offensichtlich hatte Kristof sie überrascht.

„Bist du okay?", murmelte sie Elliott zu, der den Kopf schüttelte. Serena zeigte ihr heimlich den Mittelfinger.

„Da der Rest von euch gerade wie ein Haufen Footballspieler aussieht, möchte ich, dass Boh die Kombination für euch durchgeht. Ziehe dich schnell um."

Boh trug ihr Trikot bereits und zog sich schnell ihre Ballettschuhe an. „Welche Kombination?"

Kristof sah sie an. „Die Kombination für das Ballett, das wir proben, Boh." Er sagte die Worte langsam, als ob sie ein Kind wäre, und Boh errötete verärgert. Bastard.

„Wir proben *drei* Ballette, Kristof, es sei denn, du hast vergessen, wie man zählt." Die Worte kamen aus ihrem Mund, bevor sie sie aufhalten konnte, und sie spürte, wie sich die Atmosphäre im Raum veränderte.

Kristofs Augen wirkten gefährlich, aber er sagte nur: *„The*

Lesson. Der Mord an der Schülerin. Ich werde die ersten paar Mal den Lehrer tanzen."

Boh wusste, dass er sich nicht zurückhalten würde, aber sie würde lieber sterben, als sich von ihm einschüchtern zu lassen. Sie gingen die Kombinationen ein paar Mal durch und Kristof kritisiert sie auf jeder Ebene. Bei der Mordszene drückte er seine Faust gegen ihren Bauch, bis sie das Gefühl hatte, blaue Flecken zu bekommen. Aber sie sagte nichts und machte weiter, während er sie die Choreografie ständig wiederholen ließ.

Beim siebten Durchlauf spürte sie, wie der Schwindelanfall zurückkehrte. *Ich muss durchhalten.* Sie tanzte und tanzte, bis ihre Sicht verschwamm und sie das Gefühl hatte, ihren Körper zu verlassen. Sie hörte, wie der Rest der Tänzer zu murmeln begann, aber es klang, als würde das Geräusch vom Ende eines sehr langen Tunnels kommen. Ihre Ohren summten und ihr Hals brannte. Sie spürte, wie sie fiel, dann zuckte ihr Körper unkontrolliert und sie ergab sich der Dunkelheit, während sie Leute schreien hörte.

Boh öffnete die Augen und fand sich auf einer Krankenhaustrage wieder, die durch die weißen Flure einer Notaufnahme rollte. Sie versuchte, sich aufzusetzen. „Boh, leg dich hin, sie wollen dich untersuchen." Als sie Nelly Fines Stimme hörte, beruhigte sie sich. Nelly nahm ihre Hand.

Boh öffnete den Mund, aber sie konnte nicht sprechen. Was zur Hölle war passiert? Sie wusste, dass es die Anämie sein musste, aber sie hätte nie gedacht, dass es sich so schlimm anfühlen könnte.

Während sie auf den Arzt warteten, streichelte Nelly ihre heiße Stirn. „Ich habe Pilot angerufen", sagte sie leise und lächelte Boh an. „Ich weiß, dass ihr beide euch nahesteht, und er würde es wissen wollen. Grace ist auch unterwegs."

Boh verspürte einen Stich der Einsamkeit trotz ihrer Erleichterung darüber, dass Pilot und Grace auf dem Weg waren. Ihr Freund, den sie seit einer Woche kannte, und ihre College-Freundin. Sie waren jetzt ihre Familie. Als sie sich dem *NYSMBC* angeschlossen hatte, waren Nelly und sie schnell Freundinnen geworden und im Lauf der Zeit hatte Boh sie gebeten, bei Bedarf als ihre nächste Angehörige zu fungieren, sodass sie sich keine Sorgen darüber machen musste, dass das Krankenhaus ihre Geburtsfamilie kontaktieren würde. Aber trotzdem … es war eine kleine Gruppe.

Ihre Ängste verflogen jedoch, als Pilot und Grace nacheinander eintrafen. Beide sahen angespannt aus und seufzten erleichtert, als sie sie sahen. „Gott sei Dank." Pilot bückte sich und küsste sie sanft. „Bist du in Ordnung?"

Sie nickte, aber Nelly warf ein: „Sie hat Probleme beim Sprechen. Ich denke, es ist nur der Schock nach dem Zusammenbruch, aber ich bin kein Arzt."

Grace küsste blass und erschüttert Bohs Wange. „Hey, Kleine." Sie und Pilot wechselten einen Blick. „Nelly, ich denke, du solltest wissen, dass bei Boh kürzlich eine leichte Anämie diagnostiziert wurde."

Nelly nickte. „Ich hatte den Verdacht, dass etwas nicht stimmt. Hat sie heute schon gegessen?"

Es war seltsam, dass sie über sie sprachen, als ob sie nicht da wäre, und Boh spürte, wie Tränen in ihre Augen traten. Sie zog an Pilots Hand und machte eine Bewegung – sie wollte, dass er seine Arme um sie legte. Pilot setzte sich auf die Bettkante und Boh drängte sich in seine Umarmung. Pilot küsste ihre Stirn und sah Nelly an. „Ja. Wir haben zusammen gefrühstückt."

„Popeye-Frühstück", krächzte Boh und sie war erleichtert, dass ihre Stimme nicht für immer verschwunden war. Sie hatte befürchtet, dass dies mehr als nur der Schock des Zusammenbruchs war, und nun entspannte sich ihr ganzer Körper.

Der Arzt kam kurz darauf und machte einige Tests. Er sah nicht allzu besorgt aus. „Ich würde vor allem zu Ruhe raten. Ich weiß, wie hart Ballerinas trainieren, aber Ruhe und eine gute Ernährung werden Ihnen am meisten helfen." Er zögerte. „Gibt es noch irgendwelche anderen Symptome?"

„Nein, ich würde es Ihnen sagen, wenn es so wäre." Boh fühlte sich schon besser.

Der Arzt nickte und lächelte. „Ich möchte Sie gern über Nacht hierbehalten, nur zur Sicherheit, aber die Entscheidung überlasse ich Ihnen."

„Ehrlich gesagt, fühle ich mich zu Hause besser." Sie versuchte zu lächeln. „Ich bin nicht gern in Krankenhäusern."

Er tätschelte ihr Bein. „Also gut. Ich nehme an, es wird jemand bei Ihnen sein?"

„Ja", antworteten Pilot und Grace gleichzeitig und brachen in Gelächter aus.

Der Arzt grinste. „Nun, ich werde es Ihnen beiden überlassen, sich um Ihre Freundin zu streiten." Er lächelte Boh an. „Passen Sie auf sich auf, Boh. Meine Frau und ich sind große Ballett-Fans."

„Sie bekommen die besten Plätze bei unserer nächsten Vorstellung", sagte Nelly und er lachte.

„Ich sollte Nein sagen", er senkte seine Stimme zu einem Flüstern, „aber das werde ich nicht tun. Gute Nacht."

Pilot setzte sich wieder neben Boh. „Wo willst du heute übernachten? Kein Druck."

Grace grinste. „Warum kommt ihr nicht beide zu uns? Dann kannst du Mr. Showbiz hier zeigen, wie normale Menschen leben. Ich gehe zurück ins Studio, um meine Rolle für die Aufführung am Freitag zu üben. Also habt ihr Privatsphäre."

Pilot lachte und Boh freute sich zu sehen, dass ihre beiden Freunde sich mochten. „Nun, wenn es dir nichts ausmacht, dich in ein Einzelbett zu quetschen …" Sie sah Pilot an, der grinste.

„Mit dir? Ich würde mit dir unter einer Brücke schlafen. Entspann dich, Baby", fügte er bedeutungsvoll hinzu und Boh wurde rot, unfähig, das Grinsen auf ihrem Gesicht zu stoppen.

ER BRACHTE sie nach Hause und als sie die Treppe zur Wohnung hinaufstiegen, bemerkte sie eine Schachtel mit Lebensmitteln vor der Tür sowie mehrere Blumensträuße. Pilot lächelte, als er die Schachtel und die Blumen in die Wohnung trug. „Das Essen ist von mir – nun, der Arzt hat gesagt, du musst essen – und die Blumen sind von deinen Freunden. Sogar von Kristof", sagte er mit einem Seufzer, als er die Karte an einem riesigen Lilienstrauß überprüfte. „Schön. Begräbnisblumen. Arschloch."

„Egal", sagte sie und warf die Lilien in den Müll. „Wir können wegen Beelzebub keine Lilien im Haus haben."

Pilot erstarrte. „*Beelzebub?*" Sein Ton war ungläubig und Boh kicherte. Es ging ihr wirklich schon besser und sie suchte den grimmigen Kater. Sie hob ihn hoch und stellte ihn Pilot vor.

„Pilot Scamo, das ist Beelzebub. Er verdient seinen Namen." Der Kater wand sich bereits, um sich aus ihrem Griff zu befreien, aber als sie ihn in Pilots Arme fallen ließ, beruhigte er sich plötzlich und rieb seinen Kopf an Pilots Kinn.

„Du verdammter kleiner Verräter", sagte sie lachend, während Pilot selbstgefällig grinste. Er streichelte den Kater, stellte ihn sanft auf den Boden und sah sich in der Wohnung um.

„Es ist großartig hier."

Boh kicherte. „Das musst du nicht sagen."

„Nein, ich meine es ernst. Bücher zeugen immer von einem guten Charakter." Er grinste, als er sprach. „Kennst du das Zitat von John Waters?"

„Wenn du mit jemandem nach Hause gehst und er keine

Bücher hat, fick ihn nicht", antwortete sie und er lachte. Boh legte die Arme um seine Taille. „Das ist eine gute Faustregel."

Pilot küsste sie. „Hast du Hunger?"

„Nicht wirklich, aber ich sollte etwas essen." Sie schaute zu der Schachtel mit Lebensmitteln. „Was hast du mir gekauft?"

Pilot grinste. „Nun, für heute Abend dachte ich an Rührei mit Trüffelöl."

Boh stöhnte. „Mein Gott, Trüffelöl, du Verführer."

Pilot befüllte zwei Teller mit Rührei und als Boh sich den ersten Bissen in den Mund steckte, fiel sie fast in Ohnmacht. „Meine Güte, Scamo, gibt es nichts, was du nicht kannst?"

„Das hast du schon einmal gefragt und glaube mir, die Antwort ist dieselbe." Aber er lächelte und nahm ihre Hand. „Schatz, du wirst dich in den nächsten Tagen ausruhen, oder? Nelly spricht mit der Ballettkompanie. Ich will dir nicht vorschreiben, was du tun sollst. Ich bin nur besorgt."

„Es geht mir schon viel besser, aber ich verstehe, was du meinst. Erzähle es niemandem, aber ich bin irgendwie erleichtert, etwas freie Zeit zu haben." Sie lächelte schüchtern. „Wenn du in der Nähe bist, können wir vielleicht an den Ideen für die Ausstellung arbeiten."

„Ich gehe nirgendwohin." Er strich mit der Hand über ihr Gesicht. „Du siehst erschöpft aus."

„Mir geht es gut." Aber eine halbe Stunde später holten die Ereignisse des Tages sie ein und sie legten sich auf ihr winziges Einzelbett. Pilot hielt Boh in seinen Armen und sie schlief ein, noch bevor sie einander eine gute Nacht gewünscht hatten.

PILOT LAG NOCH LANGE WACH, nachdem Bohs Atmung ruhiger geworden war und er wusste, dass sie schlief. Er war so besorgt gewesen, aber auch wütend auf Kristof. Wenn der Kerl Boh überforderte, um sich dafür zu rächen, dass sie mit Pilot zusammen war ...

Sei nicht paranoid. Kristof und Eugenie waren die Betrüger gewesen, nicht er. Wenn also jemand das Recht hatte, rachsüchtig zu sein, war es Pilot ... aber das war er nicht.

Es sei denn, Kristof verletzte Boh. Pilot musste ehrlich sein – er hasste das Ballett, das Kristof zusammenstellte. Es klang grausam und sadistisch, aber was wusste er schon?

Er sah auf Boh in seinen Armen hinunter. Sie sah so jung aus und nicht zum ersten Mal fragte er sich, ob es richtig war, dass er mit ihr ausging. Es lagen fast zwanzig Jahre zwischen ihnen. Er war dankbar für die Unterstützung von Romana, Nelly und Grace – aber das bedeutete nicht, dass er gut für Boh war.

Der Gedanke, nicht mit ihr zusammen zu sein, war schmerzhaft und so beschloss er, vorerst selbstsüchtig zu sein. Sie konnten alle Probleme, die auf sie zukamen, im Lauf der Zeit klären – funktionierten Beziehungen nicht so? Beziehungen mit ebenbürtigen Partnern.

Trotz seines Alters und seiner Erfahrung, hatte Pilot nach seiner Ehe mit Eugenie das Gefühl, er wäre selbst noch ein Anfänger, was das betraf. Das würde er Boh jedoch nicht sagen, weil er ihr Fels in der Brandung sein wollte. Er musste nur noch lernen, wie das ging.

Er hörte, wie sein Telefon im Nebenraum vibrierte, und löste sich sanft von Boh, um sie nicht zu wecken. Er seufzte, als er sah, dass Eugenie ihn anrief. „Verdammt."

Er überlegte, das Telefon auszuschalten, aber vielleicht konnte er sie diesmal endgültig loswerden. „Hey, Genie."

Sie weinte und Pilot begriff sofort, dass sie betrunken war. „Pilot ... kannst du kommen? Ich fühle mich so schwach. Ich weiß nicht, was ich tun werde."

„Was ist passiert?"

Sie zögerte und er wusste, dass sie Gründe suchte. „Ich bin

einsam, Pilot. Seit du mich verlassen hast ... Gott, ich fühle mich einfach elend."

Pilot hörte ihr ungerührt zu. „Genie, ruf deine Mutter oder deine Schwester an. Das ist nicht mehr mein Problem."

„Sei nett, Baby." Himmel, war ihre Stimme schon immer so nervtötend gewesen? Er sagte nichts und ließ sie weiterjammern.

„Wir könnten es noch einmal versuchen", sagte sie. „Es wird immer eine Verbindung zwischen uns geben. Ich denke ständig an dich und glaube wirklich, wenn wir es noch einmal versuchen, könnten wir glücklich sein. Ich vermisse dich, Baby, dein wunderschönes Gesicht, deine Augen, deinen großen Schwanz. Ich träume davon, dass du mich wieder so hart fickst, wie bei unserem ersten Mal."

Meine Güte. „Genie, es ist spät und ich muss morgen arbeiten."

Stille. „Bist du mit einer anderen Frau zusammen?"

Gott sei ihm gnädig, er wollte sie verletzen. „Ich bin bei meiner Freundin. Ich muss jetzt auflegen."

Eugenie reagierte erwartungsgemäß mit einem Wutanfall, wie er ihn schon oft erlebt hatte. Er beendete den Anruf, während sie sich immer mehr in Rage brüllte. Ja, er würde sich definitiv nach einer neuen Wohnung umsehen müssen. Er rief seine Schwester an. Romana war wie er eine Nachteule.

„Hey."

Er erzählte ihr, was Boh passiert war, versicherte ihr, dass es ihr gut ging, und berichtete von Genies Anruf. Romana seufzte. „Diese Schlampe ... Wird sie jemals kapieren, dass es vorbei ist? Ernsthaft, Bruder, du musst komplett unsichtbar für sie werden. Ändere deine Telefonnummer, deine Adresse, alles."

„Alles außer das Atelier – das lasse ich mir nicht wegnehmen."

„Sicher? Offensichtlich behält sie dich im Auge und es ist

nicht so, als hätte sie nicht das Geld, private Ermittler anzuheuern, um dich zu überwachen."

„Ich bin sicher."

„Wie laufen die Vorbereitungen für die Ausstellung? Ich habe mit Grady gesprochen. Er ist wirklich aufgeregt, seit er die Probeaufnahmen von Boh gesehen hast. Hör zu, er hat mich gebeten, ähm, vielleicht die nächste Benefiz-Ausstellung für die Stiftung zu machen ... aber ich habe ihm gesagt, ich würde nicht zusagen, ohne vorher mit dir zu sprechen."

Pilot war erstaunt. „Warum? Romana, das ist eine große Chance. Du musst ihn sofort zurückrufen ..." Er sah auf die Uhr. „Es ist erst 21 Uhr in Seattle."

Romana lachte. „Ganz ruhig. Ich rufe ihn morgen an." Sie kicherte, dann hörte Pilot, wie sie zögerte. „Ist Boh wirklich in Ordnung? Ich habe Horrorgeschichten darüber gehört, wie Tänzer behandelt werden."

„Sie ist stärker, als du denkst. Eine kleine Anämie und ein Arschloch wie Mendelev sind nichts im Vergleich zu dem, was sie in ihrem Leben schon überwunden hat. Romana?"

„Ja?"

„Denkst du, ich bin zu alt für sie?"

„Halt die Klappe."

Er lachte schnaubend. „Sag, was du denkst, Schwesterherz."

„Ich habe dich noch nie mit jemandem so glücklich gesehen ... Auch wenn ihr euch erst eine Woche kennt."

„Ist alles zu schnell?"

„Ach, komm schon. Was ist schon schnell? Ihr seid euch begegnet, habt Zuneigung füreinander empfunden und seid zum nächsten Level gegangen. Es ist nicht so, als würdet ihr zusammenziehen."

Nachdem sich Romana verabschiedet hatte, spürte Pilot, wie sich sein Körper entspannte. Er schaltete sein Handy aus und ging wieder ins Bett. Boh bewegte sich, als er sich an sie schmiegte. „Pilot?"

„Ich bin hier, Baby", sagte er. „Ich bin hier."

KRISTOF WAR wie immer schlecht gelaunt, als er in einer bestimmten Toilettenkabine den Deckel des Wasserkastens anhob und nicht die kleine Flasche Urin fand, die er erwartet hatte. Er hörte, wie jemand hereinkam und versuchte, seine Kabinentür zu öffnen. Kristof machte auf und zerrte Elliott neben sich. „Du bist spät dran, Idiot."

Elliott schien völlig unbeeindruckt zu sein. Er reichte Kristof die Flasche. „Warst du besorgt, Kristof?"

„Halt die Klappe, du kleines Arschloch."

Elliotts Augen verengten sich. „Dein Nachschub könnte für immer versiegen, Kristof. Denk daran, wenn du Boh das nächste Mal quälst, bis sie im Krankenhaus landet."

Kristof lachte humorlos. „Also geht es bei dieser kleinen Machtdemonstration um sie? Deine kleine Freundin?"

„Meine Freundin, ja. Wenn du das noch einmal mit ihr machst, gehe ich direkt zu Liz."

„Drohst du mir etwa? Du wirst nie wieder tanzen, wenn du jemandem von unserem Arrangement erzählst."

Elliott straffte die Schultern. Er war fast einen Kopf kleiner als Kristof, aber er wich nicht vor ihm zurück. „Um deine Schreckensherrschaft zu beenden, würde ich es tun. Denk daran, Arschloch."

Er trat aus der Kabine, dicht gefolgt von Kristof. Beide erstarrten, als sie Eleonor Vasquez erblickten, die sie fragend ansah. Ihre Augen wanderten zu der Urinprobe in Kristofs Hand und er erstarrte.

Eleonors Augen wanderten im Raum umher. „Das ist nicht mein Studio."

Elliott nahm ihren Arm. „Nein, Madame Vasquez. Soll ich Sie hinbringen?"

Sie lächelte ihn an. „Nureyev. Bist du das?"

„Ich wünschte es, Madame Vasquez", sagte Elliott grinsend. „Ich bin Elliott. Erinnern Sie sich?"

Eleonor antwortete nicht. Sie sah Kristof an. „Ich kenne dich."

Kristof, der die Urinprobe hinter seinem Rücken verborgen hatte, nickte. „Eleonor." *Gott sei Dank ist sie dement*, dachte er. Vielleicht begriff sie gar nicht, was zwischen ihm und Elliott vorgefallen war. Wenn Celine oder Nelly hereingekommen wären ...

Er beobachtete, wie Elliott Madame Vasquez aus dem Raum führte, während die Energie seinen Körper verließ. Das war knapp gewesen. Vielleicht sollte er ein paar Tage langsamer machen. Wenn Boh zurückkam, würde er sie schonen. Er wusste, dass sie die Ballette in- und auswendig kannte, und selbst wenn sie eine Woche nicht trainieren könnte, würde sie immer noch gut vorbereitet sein.

Es ärgerte ihn, dass sie mit Scamo zusammen war. Seine Boh war mit diesem Mann zusammen ... Kristof war fest davon überzeugt, dass Boh ihr Talent nur ihm zu verdanken hatte, und sie so weit außerhalb seiner Kontrolle zu sehen ... nein. *Ruhe bewahren. Sie wird zurückkommen.*

Im Moment war sein größeres Problem, dass Eleonor einen klaren Moment haben und das, was sie gesehen hatte, verarbeiten könnte. Es war nicht schwer, herauszufinden, was er tat, und wenn sie es Celine erzählte, wäre das sein persönliches und professionelles Ende. Kristof stellte fest, dass seine Hände zitterten, und er ballte sie zu Fäusten. Es gab eine Möglichkeit, damit umzugehen, aber er wusste nicht, ob er den Mut hatte, es durchzuziehen. Wenn er Eleonor zum Schweigen brachte, gab es kein Zurück mehr. Jetzt, dass wusste er, war er nur ein Junkie-Arschloch mit einem Ego von der Größe eines Planeten. Unmoralisch, aber kein ... Er schluckte schwer. *Nein, ich werde nicht einmal darüber nachdenken.*

Er nahm die Urinprobe, goss etwas davon in seinen eigenen, gekennzeichneten Behälter und stellte den Rest in den Spülkasten. Er würde aufhören, Drogen zu nehmen, sodass die Spuren davon aus seinem Körper verschwanden. Wenn Eleonor sich an etwas erinnerte, würde er hoffentlich seinen eigenen Urin für einen Drogentest einreichen können und ihm würde nichts passieren. Er würde auch zu Elliott, dem kleinen Mistkerl, freundlicher sein. Zufrieden bei dem Gedanken, dass er alles unter Kontrolle hatte, verließ er die Toilette und begann seinen Arbeitstag.

Serena glitt mit einem Lächeln auf dem Gesicht um die Ecke. Es war also *Elliotts* Urin, mit dem Kristof seine Drogentests bestand. Sie war an den Toiletten vorbeigegangen und hatte den Streit der beiden gehört. *Gut.* Dieses Wissen würde ihr bestimmt noch nützlich sein.

Serena wollte nur eines – Prinzipaltänzerin werden. Sie hatte es fast geschafft, da war Boheme Dali aufgetaucht. Nun, wenn sie nicht durch Talent an ihr Ziel gelangen konnte, würde sie zu anderen Mitteln greifen.

Unter anderem Erpressung.

Sie grinste und ging zu ihrem nächsten Kurs.

12

KAPITEL ZWÖLF

Es war zwei Tage her, dass sie zusammengebrochen war, und Boh war ausgeruht und erleichtert, dass es nicht länger gedauert hatte, bis sie sich erholte. Sie hatte die letzten zwei Tage mit Pilot verbracht, und jetzt waren sie wieder in seinem Atelier und arbeiteten an den Ausstellungsfotos.

Boh hatte die Schneiderin der Ballettkompanie gefragt, ob sie sich einige Kostüme ausleihen könnte, und Arden hatte ihr unglaubliche Outfits zur Verfügung gestellt, einige traditionell, wie das Kostüm für den weißen Schwan, andere modern.

Im Moment trug sie jedoch ein einfaches hellrosa Trikot, während sie mit offenem Haar im Atelier posierte. Sie stand auf einer alten Kiste, während Pilot sich um sie herum bewegte und den Auslöser drückte. Die Studioscheinwerfer waren heiß, aber das war Boh egal.

„Okay, Baby, du kannst jetzt runterkommen." Pilot grinste sie an, dann blickte er auf seine Kamera und ging die Bilder durch. Sie liebte es, ihm bei der Arbeit zuzusehen. Es war, als würde die Traurigkeit, die sie ständig in seinen Augen sah, verschwinden, sobald er sich in Pilot, den Fotografen, verwandelte.

Ihre Liebe.

Sie ging zu ihm und legte einen Arm um seine Taille, als er ihr zeigte, was sie kreiert hatten. Sie kicherte leise. „Ich werde nie darüber hinwegkommen, dass ich das bin. Du bist ein Genie."

Sie sah auf und bemerkte, dass er sie anblickte. Ein Beben ging durch ihren Körper. Seine Augen waren weich vor Liebe und voller Verlangen. „Hey, hübsches Mädchen", sagte er leise und drückte seine Lippen an ihre. Gott, er war berauschend. Pilot legte seine Kamera weg und nahm sie in die Arme. „Wie fühlst du dich?"

Boh lächelte. „So viel besser, Pilot ... so viel besser."

Seine Lippen drückten sich gegen ihre und sie vergrub ihre Finger in seinen dunklen Locken, als sie sich küssten und die Hitze zwischen ihnen ein Feuersturm wurde. Pilot zog ihr Trikot von ihren Schultern nach unten, damit er ihre Brustwarzen abwechselnd in seinen Mund nehmen konnte. Das Gefühl seiner Zunge auf ihrer Haut ließ sie stöhnen, und sie ergriff seine Hand und führte sie zwischen ihre Beine. „Ich bin so nass für dich, Baby ..."

Mit einem Stöhnen legte Pilot sie auf den Boden und bedeckte ihren Körper mit seinem. Er zog sie ganz aus und befreite sich von seiner Jeans, während Boh ihm sein T-Shirt über den Kopf zog. Sie konnte nicht genug von dem Körper dieses Mannes bekommen, bei dem sie sich wertgeschätzt und schön fühlte. Sie fuhr mit der Hand über seine harte Brust und schaute ihm in die Augen. Wie er sie ansah ...

„Du bist so schön", flüsterte sie und er lachte.

„Du stiehlst meine besten Komplimente..." Seine Lippen waren wieder auf ihren, als sie ihre Beine um seine Taille schlang und sie langsam begannen, sich zu lieben.

Das Gefühl seines Schafts in ihr, der sie ausfüllte, ließ sie mit ungehemmter Freude stöhnen. Boh küsste seine weichen Lippen mit solcher Leidenschaft, dass sie Blut schmeckte. Pilot stützte seine Arme auf beiden Seiten ihres Kopfes ab und stieß fester in sie, als sich beide ihrem Höhepunkt näherten. Boh ermutigte ihn, noch tiefer zu gehen.

Als sie kam, wölbte sie ihren Rücken und drückte ihren Bauch gegen seinen. Sie konnte spüren, wie sein Körper bei seinem Orgasmus erbebte und zuckte. Schließlich brachen sie atemlos nebeneinander zusammen und Boh kicherte.

„Wie die Tiere."

Pilot lachte. Sein Gesicht war vor Anstrengung gerötet. „Mein Gott, Boh, bei dir fühle ich mich wie ein neuer Mann. Verdammt, das ist so ein Klischee, aber es stimmt. Ich habe mich noch nie so gefühlt."

Ihr Körper prickelte vor Glück bei seinen Worten. „Wirklich?"

„Wirklich." Er drehte sich auf die Seite und fuhr mit einer Fingerspitze über ihren Körper. Dann streichelte er ihren Bauch und neigte den Kopf, um seine Lippen gegen die glatte Haut zu drücken. Er sah sie fragend an und sie nickte, bevor er lächelte und sich an ihrem Körper hinunterbewegte.

Er drückte ihre Schenkel auseinander und sein Mund leckte, reizte und küsste ihr Geschlecht. Seine Finger massierten die Haut an ihren Oberschenkeln und sie spürte, wie sich die Erregung aus den Tiefen ihres Körpers erneut aufbaute. Ihre Haut kribbelte und sie fühlte sich schwerelos.

Pilot ließ sie immer wieder kommen und schließlich sagte sie ihm schüchtern, dass sie den Gefallen erwidern wollte. „Du musst es mir sagen, wenn ich etwas falsch mache."

Sie nahm seinen Schwanz in den Mund und fuhr mit ihrer Zunge über die empfindliche Spitze. Boh war zufrieden, als Pilot einen zittrigen Atemzug nahm und „Genau so, Baby" sagte. Sie liebkoste den seidigen Schaft, mit ihrer Zunge während ihre Hände seinen Hodensack massierten. Sein Schwanz, der riesig, dick und lang war, zitterte bei ihrer Berührung und versteifte sich, bis Pilot keuchte.

„Baby, ich bin nah dran. Willst du aufhören?"

Boh schüttelte den Kopf. Sie wollte seinen Samen schlucken. Pilot kam und sie spürte, wie er sein Sperma, das süß und zugleich salzig schmeckte, auf ihre Zunge pumpte.

Danach duschten sie zusammen und bestellten Pizza. Während sie warteten, setzten sie sich auf die Couch und gingen seine Fotos durch. Pilot grinste vor sich hin. „Weißt du was? Ich glaube, wir haben fast eine Ausstellung zusammen, Baby. Ich habe nie geahnt, dass jemand so fotogen sein kann wie du. Ich hätte auch gern ein paar Außenaufnahmen und einige Bilder, wie du im Studio an der Stange trainierst."

„Das sollte kein Problem sein." Sie stieß ihn mit der Schulter an. „Hör zu, Grace tritt heute Abend im Lincoln Center in *Rubies* auf. Ich möchte sie gerne unterstützen ... Willst du mitkommen?"

„Auf jeden Fall. Aber ich muss dir ein Geständnis machen."

Boh grinste bei dem schelmischen Blick in seinen Augen. „Ach ja?"

„Als ich mit Genie verheiratet war, sind wir zum Ballett gegangen ... aber sobald es angefangen hat, bin ich aufgestanden, um etwas anderes zu machen. Ich habe noch nie eine Vorstellung gesehen."

„Pilot Tiffany Scamo, du dreckiger Schuft!"

Pilot lachte. „*Tiffany*?"

„Was? Das ist Richard Geres zweiter Vorname." Boh kreischte vor Lachen, als Pilot sie kitzelte. „Wie auch immer, was ist dein zweiter Vorname?"

„Joseph. Und deiner?"

„Ich habe keinen." Boh knabberte an seinem Ohrläppchen, als er sie auf seinen Schoß zog. „Du hast also noch nie ein Ballett gesehen?"

"Nein. Aber um deine ursprüngliche Frage zu beantworten, ja, ich würde gerne mit dir *Rubies* erleben. Ich werde uns eine Loge besorgen."

"Klingt gut." Sie küsste seine Wange, als er sein Telefon aus der Tasche zog und im Lincoln Center anrief, und grinste, als er ohne zu zögern seinen Namen nannte.

"Eine Loge für Mr. Pilot Scamo und seinen schönen Gast, die Superstar-Ballerina Boheme Dali, bitte."

Boh strich die Locken aus seinem unheimlich schönen Gesicht und küsste ihn sanft. "Seine geliebte Boh dankt Mr. Pilot Scamo und fragt höflich, ob es ihm nichts ausmachen würde, sie wieder zu ficken, genau hier und jetzt."

Pilot grinste, als er sie auf die Couch legte. "Was die Primaballerina will, bekommt sie auch ..." Und sie begannen, sich wieder zu lieben.

KRISTOF GOSS sich eine Tasse Kaffee ein und sah auf, als Celine Peletier das Lehrerzimmer betrat. Sie nickte ihm zu und lächelte wie immer. Elende Schlampe. Er hatte die Frau nie gemocht, wahrscheinlich weil Celine die vorzüglichste Tänzerin war, die er je gesehen hatte, und auch als Lehrerin hervorragend war. Darüber hinaus verehrten sie alle Tänzer der Kompanie trotz ihrer Strenge.

Er wusste, dass Celine ihn trotz seiner prestigeträchtigen Laufbahn als Jungen betrachtete. Seine Helden – Baryshnikov, Nureyev, Vasiliev – hatten nach dem Tanzen alle Karrieren gehabt und Kristof wollte, dass seine genauso beeindruckend war wie ihre. Er kannte Celine, Nelly und Liz ... keine von ihnen glaubte, dass er auf diesem Niveau war, aber er war entschlossen, ihnen das Gegenteil zu beweisen.

"Guten Morgen, Celine."

Sie sah auf, als ob sie tief in Gedanken versunken wäre. „Kristof. Oh, ich höre, dass ich dir zu Dank verpflichtet bin."

„Wofür?"

„Elliott hat mir erzählt, dass ihr Eleonor vor ein paar Tagen in ihr Studio gebracht habt. Ich hoffe, dass sie euch nicht bei ... irgendetwas gestört hat."

Kristof erstarrte. Sie wusste es. „Nein, überhaupt nicht", sagte er mit undeutbarem Gesichtsausdruck.

„Nun, danke." Sie seufzte und setzte sich ihm gegenüber. „Eleonor wird immer verwirrter. Ich denke, es könnte an der Zeit sein, dass sie ihren Unterricht ganz aufgibt."

„Das ist eine Tragödie", sagte Kristof vorsichtig. Sein Körper entspannte sich ein wenig. „Nach einer so illustren Karriere."

„In der Tat." Celine starrte aus dem Fenster und Kristof war erstaunt, als er Tränen in ihren Augen sah. „Sie nennen es Sonnenuntergang, wusstest du das? So ein hübscher Name für etwas so Schreckliches. Eleonor hat klare Momente, aber es werden immer weniger. Manchmal erinnert sie sich an zufällige Dinge, die Wochen her sind, und spricht mit absoluter Sicherheit darüber. Dann, im nächsten Moment ..." Celine machte eine Bewegung in der Luft. „Nichts. Entschuldige, Kristof, das ist nicht dein Problem."

Die erstickende Angst in seinem Inneren war zurückgekehrt und er nickte nur steif, als Celine den Raum verließ. Aber er hatte keine Zeit zu verarbeiten, was er erfahren hatte, weil Liz' Sekretärin zu ihm kam. „Sie will dich sehen."

ZEHN MINUTEN später verließ er verblüfft Liz' Büro. Sie hatte ihm nicht nur gesagt, dass seine *Sex und Tod*-Show von ihrem eigenen Theater in die Metropolitan Opera verlegt wurde, sondern auch dass sie ihm ein größeres Budget für ... alles genehmigt hatte. Kulissen, Kostüme ... Er hatte freie Hand.

Kristof hatte ungläubig den Kopf geschüttelt. „Warum?"

„Wir haben eine beachtliche Spende erhalten – anonym. Aber unter der Bedingung, dass du einen großen Teil davon für dein neues Stück erhältst. Du hast einen Fan, Kristof."

Er hätte sich erleichtert fühlen sollen. War das nicht der Traum jedes Choreografen? Aber jetzt, da Eleonor Vasquez über ihn Bescheid wusste ... Sie könnte alles ruinieren. Alles.

Das konnte er nicht zulassen. Er wusste, was zu tun war.

13

KAPITEL DREIZEHN

Pilot bewunderte Boh in ihrem Kleid und pfiff anerkennend. „Verdammt, Frau ... wie soll ich mich konzentrieren, wenn du so aussiehst?"

Boh lächelte schüchtern. Ihr Kleid war ein einfaches Design, aber der mitternachtsblaue Stoff mit dem Perlenbesatz am Oberteil funkelte wie ein nächtlicher Sternenhimmel und warf kleine Lichtstrahlen auf ihr Gesicht. „Es ist nichts Besonderes. Ich ziehe es für alle Events an. Eigentlich ist es schon ziemlich alt."

Pilots Gesichtsausdruck war ganz hingerissen. „Boh ... du bist so schön, dass es wehtut."

Sie kicherte. „Du auch." Er trug einen schwarzen Smoking mit Fliege und sein Bart war ordentlich gestutzt, aber seine Locken waren immer noch zerzaust. Boh küsste ihn. „Das Taxi ist hier."

Im Wagen fragte er sie nach dem Ballett. „Also, wovon handelt es?"

„Nun, es gibt im Grunde keine Geschichte. Das vollständige Ballett besteht aus drei Teilen – es heißt *Jewels*. Aber *Rubies* ist der Teil, den wir alle gern tanzen. Es ist sehr modern und abstrakt ... Ich kann sehen, dass ich dich schon jetzt verliere", scherzte Boh, als sie sein Gesicht sah. „Konzentriere dich einfach auf die Bewegungen und die Formen, die die Tänzer mit ihren Körpern machen. Als Fotograf wirst du es faszinierend finden."

Pilot nickte und versuchte, überzeugt auszusehen, aber Boh konnte erkennen, dass er ein wenig verwirrt war. Sie küsste ihn. „Lass dich einfach darauf ein. Wir sind ohnehin in erster Linie da, um Grace zu unterstützen."

Im Foyer traf Boh einige ihrer Kollegen aus der Kompanie und stellte sie Pilot vor. Die meisten von ihnen sahen ihn mit neugierigen, bewundernden Augen an. Boh war dankbar für die Leichtigkeit, mit der er mit ihnen plauderte.

Elliott fand sie und grinste. „Dieser Mann ist verrückt nach dir", sagte er. „Er hat nicht aufgehört, über dich zu reden, seit ihr hier aufgetaucht seid."

Boh wurde rot. „Er ist der wunderbarste Mann der Welt", sagte sie leise und verstummte dann. Sie sah Kristof und Serena an der Bar, wo sie sich leise unterhielten. Boh seufzte. „Cruella und ihr Schoßhund sind auch hier."

Elliott sah sich um und sein Gesicht verhärtete sich. „Hast du gehört? Kristof wurde freie Hand bei seinem Projekt gegeben. Es soll jetzt im Metropolitan aufgeführt werden."

„Auf keinen Fall." Boh war fassungslos. „Wirklich?"

„Liz glaubt, dass ein größerer Veranstaltungsort uns die Einnahmen bringen wird, die wir dringend brauchen."

„Aber ich dachte, du sagtest ..."

„Diese Spende war speziell für Kristof. Ich frage mich, wie vielen Millionären er dafür einen blasen musste."

Boh wusste nicht, ob sie lachen oder würgen sollte, aber sie musste zugeben, dass eine Show im Metropolitan auch für ihre Karriere gut sein würde.

. . .

Als das Ballett anfing, gingen sie und Pilot zu ihrer Loge und ließen sich dort nieder. Boh sah sich im Theater um und war erfreut darüber, dass es für die Aufführung ihrer Freundin ausverkauft war. „*Rubies* ist der zweite Teil", flüsterte sie Pilot zu, der seinen Arm um ihre Schultern legte und sie an sich zog.

„Muss ich mich auf die anderen beiden Teile konzentrieren oder kann ich dich währenddessen küssen?" Er hatte ein breites Grinsen im Gesicht und sie kicherte.

„Kommt darauf an, wie du dich benimmst", scherzte sie. Dann seufzte sie und kuschelte sich in seine Arme. „Meine zwei Lieblingsdinge auf der Welt, du und Ballett. Gute Nacht."

Pilot lachte. „Wie lange dauert es überhaupt?"

Boh verdrehte die Augen. „Sei nicht so ungeduldig. Du wirst schon sehen."

Bald ging das Licht aus und die Vorstellung begann.

Eugenie Radcliffe-Morgan starrte auf die Bühne. Nur beim Ballett beruhigten sich ihre Dämonen, wenn sie sich in der reinen Kunst verlor. Aber jetzt, da Pilot eine neue Frau, eine Ballerina, gefunden hatte, fühlte sich Eugenie verraten.

Als sie die beiden unten im Foyer zusammen gesehen hatte, hätte sie fast geschrien. Stattdessen hatte sie sich höflich bei ihrem Date entschuldigt und war auf die Toilette gegangen. Ein bisschen Kokain linderte den Schmerz.

Jetzt beobachtete sie die beiden in der Loge gegenüber ihrer eigenen, und Wut verzehrte sie. Ihr Pilot mit einer Tänzerin ... und gottverdammt, wenn er nicht glücklich aussah. Mehr als glücklich. Er wirkte verzaubert, aufgeregt ... *verliebt*.

Ihr Date murmelte etwas in ihr Ohr und sie lächelte abgelenkt. Er – Wie war nochmal sein Name? Seth? Saul? – hatte sie letzte Woche bei einem Brunch für ein Kinderhilfswerk angesprochen und sie hatten miteinander geredet. Es gefiel ihr, dass er ein bisschen wie Pilot aussah, also hatte sie ihn in ihre Wohnung mitgenommen und gefickt. Sie hatte es sogar genossen, besonders wenn sie die Augen schloss und so tat, als wäre er Pilot.

Wie zur Hölle hatte sie ihn jemals gehen lassen können? Sie beobachtete ihn jetzt, wie er lachte und dieses verdammte Mädchen küsste – er sah zehn Jahre jünger aus.

Sie schaute angeekelt weg. Ihre Augen streiften eine andere Loge. Ah, sie sah Kristof Mendelev, der ebenfalls seine Tänzerin und ihren Ex-Mann beobachtete. Kristof spürte ihren Blick und nickte ihr zu. Sie sah die gleiche Eifersucht, die sie empfand, auf seinem Gesicht. Interessant. Er könnte ein nützlicher Verbündeter sein.

Andererseits ... war es ihre Affäre mit Kristof gewesen, die Pilot schließlich den Mut gegeben hatte, sie zu verlassen. Es war der letzte Strohhalm und die Sache nicht wert gewesen. Es hatte eine Ewigkeit gedauert, bis der zugedröhnte Kristof eine Erektion bekam, um sie zu ficken, und selbst dann war es eine schnelle, enttäuschende Begegnung gewesen. Er sah gut aus, ja, aber er war nichts im Vergleich zu Pilot. Sie hatte versucht, Pilot eifersüchtig zu machen, und dabei nicht nur versagt, sondern ihn ganz verloren.

Sie war nicht dumm genug zu glauben, dass er jemals zu ihr zurückkommen würde, aber das bedeutete nicht, dass sie vorhatte, ihn gehenzulassen. Oder ihm zu erlauben, sich in eine andere Frau zu verlieben und glücklich zu werden.

Nein, Pilot Scamo würde niemals sein Happy End bekommen. So etwas gab es nur im Märchen.

ALS GRACE DIE BÜHNE BETRAT, beugte sich Boh vor und Pilot beobachtete, wie sich ihr Gesicht verwandelte. Er liebte es, dass sie ihre Freundin so unterstützte und ihr ganz ohne Neid zujubelte. Er richtete seine Aufmerksamkeit auf die Bühne. Wenn er ehrlich war, hatte er keine Ahnung, was ein gutes Ballett ausmachte, aber Boh hatte recht, wenn sie sagte, er solle sich darauf konzentrieren, was die Tänzer mit ihren Körpern machten. Einige davon waren erstaunlich und er dachte darüber nach, wie er diese Bewegungen mit seiner Kamera festhalten könnte. Er musste immer noch die Werbeaufnahmen für die Kompanie machen, und dieses Ballett half ihm dabei, die Körper der Tänzer besser zu verstehen.

Er streichelte Bohs Rücken und sie lächelte ihn an. „Amüsierst du dich?"

„Mit dir immer."

Sie lehnte sich an ihn, während ihre Augen auf die Bühne gerichtet waren. „Schau sie dir an, Pilot. Sie ist sensationell."

Sie betrachteten Grace und als sie sich verneigte, standen sie beide auf und applaudierten ihr. Grace sah sie in der Loge und winkte lächelnd, als sie die Bühne verließ.

„Ein voller Erfolg", freute sich Boh, als sie ihre Sitze für den letzten Teil namens *Diamonds* wieder einnahmen. Pilot liebte es, dass sie so aufgeregt war. Seine Augen wanderten durch den Raum und sein Herz sank. Eugenie starrte zu ihnen herüber. Als sie seinen Blick bemerkte, winkte sie ihm sarkastisch zu. Pilot schaute genervt weg. Gottverdammt, diese Frau. Konnte er nicht eine Nacht ohne Erinnerung an sie haben?

„Boh?"

Sie drehte sich zu ihm um. „Ja, Baby?"

„Wie fändest du es, bei mir einzuziehen?"

Sie blinzelte und war offensichtlich überrascht. „Was?"

„Ich suche eine neue Wohnung, irgendwo ... etwas Neues. Ein neues Leben mit dir. Wenn es zu früh ist, sag es ruhig. Aber ich möchte, dass du darüber nachdenkst."

Bohs Augen waren etwas zögerlich. „Ich werde darüber nachdenken, Pilot. Das verspreche ich."

Aber er konnte erkennen, dass sie von seiner Bitte verwirrt war, und konnte selbst nicht glauben, dass er sie geäußert hatte. Was hatte er sich dabei gedacht? Sie waren seit weniger als einem Monat zusammen.

Aber etwas in seinem Bauch sagte ihm, dass Boh die Richtige für ihn war. *Vorsicht, es gab eine Zeit, als du das Gleiche über Genie gedacht hast.* Er schnaubte. Nein, bei seiner Ex-Frau hatte er nie so empfunden. Rückblickend war Genie ihm so lange nachgelaufen, bis er einem Date zugestimmt hatte, und sie war es gewesen, die ihm einen Heiratsantrag machte. Er hatte abgelehnt und sie hatte mit dem ältesten Trick der Welt reagiert – einer ungeplanten Schwangerschaft. Er war verzweifelt gewesen, als sie das Kind verloren hatte, aber irgendwann war er an dem Punkt angelangt, wo er nur noch Erleichterung darüber empfand, dass es eine Sache weniger gab, die ihn an sie band.

NACHDEM DAS BALLETT zu Ende war, tranken sie mit Grace und den anderen Tänzern etwas. Dann brachte Pilot Boh zurück in seine Wohnung. „Wegen vorhin …", sagte er, als sie hineingingen. „Ich wollte dich nicht erschrecken. Es ist nur … Ich suche eine neue Wohnung, irgendwo, wo meine Ex-Frau mich nicht findet. Es wäre wunderbar, wenn du mich bei den Besichtigungen begleiten, deine Meinung sagen und mir bei der Wahl eines Apartments helfen würdest, in dem du vielleicht eines Tages selbst leben möchtest. Egal ob dieses Wochenende oder in fünf Jahren …"

Boh verdrehte grinsend die Augen. „Hey, beruhige dich, ich ziehe bei dir ein."

Eine Sekunde begriff er nicht, was sie gesagt hatte, und Boh lachte über seine Verwirrung. „Wirklich?"

„Ja!" Er hob sie hoch und schwang sie voller Freude herum.

„Lass mich runter, du großer Kerl", lachte sie und als er sie auf die Füße gestellt hatte, nahm sie sein Gesicht in ihre Hände. „Ich liebe dich, Pilot Scamo. Ich liebe dich *so* sehr. Natürlich ziehe ich bei dir ein, egal wie wahnsinnig schnell das alles ist."

Pilot konnte kaum sprechen. „Du liebst mich?"

„Ganz und gar, mit ganzem Herzen, voll und ganz ..." Sie beendete ihren Satz nicht, bevor seine Lippen sich auf ihre pressten und seine Arme sich fest um sie schlangen.

Er hob sie hoch und trug sie ins Schlafzimmer. Da er ihr Ballkleid nicht ruinieren wollte, öffnete er langsam den Rückenverschluss und sie trat aus den Tüllschichten heraus. Dann zog sie an seiner Fliege, tat so, als würde sie ihm damit die Augen verbinden, und warf sie dann zur Seite. „Ich muss deine Augen sehen", sagte sie. „Sie sind so schön. Wenn du mich so ansiehst ... Himmel, Pilot ..."

Sie zog sein Hemd aus seiner Hose und er grinste. „Ungeduldiges Mädchen."

„Ich will dich nackt ..." Sie sah unter langen, dichten Wimpern zu ihm auf. „Ich will heute Nacht oben sein, Pilot Scamo."

Sie zogen einander schnell aus und Boh setzte sich auf ihn, streichelte seinen Schwanz, rollte ihm das Kondom über und fuhr dann mit den Händen über seinen Bauch. Pilot spürte, wie sich seine Muskeln unter ihrer Berührung anspannten. Im schwachen Mondschein sah ihr Körper aus wie Gold und ihre vollen Brüste hoben und senkten sich leicht, als sie sich bewegte. Er fuhr mit einer Fingerspitze zwischen ihren Brüsten hinunter, bis er ihren Nabel erreichte. Sie zitterte bei seiner Berührung vor Lust.

„Ich liebe dich", sagte er einfach. „Ich glaube, ich habe dich vom ersten Moment an geliebt, als wir uns unterhielten. Ich hatte noch nie so eine Verbindung zu jemandem. Du bist fantastisch."

„Ich bin nur ich", sagte sie leise, aber er konnte Tränen in ihren Augen sehen. „Aber ich liebe dich auch."

Sie kniete sich hin, führte seinen Schwanz in sich ein und stöhnte, als er ihr süßes, samtiges Zentrum füllte. „Oh, Pilot, ich werde niemals aufhören, dich zu lieben." Sie ritt ihn zuerst sanft, aber als sich seine Hand zwischen ihre Beine schob, um ihre Klitoris zu streicheln, beschleunigte sie ihr Tempo und stieß mit ihren Hüften gegen seine. Er packte ihren Hintern und sie bewegte sich immer schneller, während ihre Erregung zunahm.

„Himmel, du bist so schön", keuchte er, als sie sich auf seinen Schwanz niederließ und ihre Finger mit seinen verschränkte. Er sah zu, wie sie kam. Eine köstliche Röte breitete sich auf ihren Wangen aus, ihre Haut war schweißbedeckt, ihr Rücken wölbte sich und sie hatte den Kopf zurückgeworfen. *Sie ist eine Göttin ...*

Pilot schlief in dieser Nacht in dem Bewusstsein ein, dass seine Zukunft in seinen Armen lag.

Serena wartete, bis Kristof zugedröhnt war, bevor sie ein Taxi rief und ihn und sich selbst hineinsetzte. Sie gab dem Fahrer die Adresse von Kristofs Wohnung und küsste ihn auf dem ganzen Weg, um ihn daran zu hindern, Einwände zu erheben.

Sobald sie in seiner Wohnung waren, zog sie ihn aus, aber was sie auch versuchte, er wurde nicht hart.

„Hör auf", stöhnte Kristof und drehte sein Gesicht in sein Kissen.

Serena seufzte und stieg von ihm ab. „Ich brauche Sex."

„Mach es dir selbst", murmelte Kristof. „Ich fühle mich furchtbar."

Serena zog eine Linie Kokain in ihr Nasenloch. „Ich mache dir Kaffee. Wir müssen reden."

„Erst Kaffee, dann reden. Vielleicht."

Serena ging in Kristofs riesige Küche, um seine Espressomaschine anzuschalten. Sie stand an dem deckenhohen Fenster, blickte über Manhattan und legte ihre Hände gegen das Glas. Oh, sich so ein Apartment leisten zu können ... Wenn sie Kristof nützlich war, würde er sie vielleicht dauerhaft bei sich einziehen lassen.

Vielleicht, wenn sie ihm gab, was auch immer er wollte. Sie grinste vor sich hin. Gleich würden sie ein sehr bedeutsames Gespräch führen.

Sie brachte den Kaffee ins Schlafzimmer. Kristof hatte sich aufgesetzt und bedankte sich sogar bei ihr für das heiße Getränk. „Worüber willst du reden?"

Serena trank ganz bewusst ihren Kaffee, bevor sie antwortete. „Wie wäre es damit, dass Vasquez dich und Elliott erwischt hat beim ... Austausch einer Flüssigkeit?"

Kristof wurde sehr still, und seine Augen waren misstrauisch und gefährlich. „Wovon zum Teufel redest du?"

„Komm schon, Kristof, ich weiß, dass du Elliott benutzt, um deine Drogentests zu bestehen. Der Junge ist so rein und anständig, dass er wahrscheinlich noch nie etwas von Kokain gehört hat. Deshalb hast du ihn ausgesucht und ich sage ... Respekt. Die Ballettkompanie wird sich an dir die Zähne ausbeißen. Du bist ein Genie."

Kristof schwieg einige Sekunden und musterte Serena. Schließlich reckte er sein Kinn. „Was willst du, Serena? Wenn du Prinzipaltänzerin werden willst, tut es mir leid. Dafür bist du einfach noch nicht bereit."

„Na gut."

Er sah sie fragend an. „Na gut? Jetzt bin ich neugierig. Was könntest du mehr wollen als das?"

Serena lächelte. „Dich. Ich will dich. *Uns*. Zusammen. Privat und professionell. Ich möchte deine Geliebte und deine Muse sein. Ich möchte deine Partnerin sein."

Kristof schnaubte, aber dann wurden seine Augen ernst. „Serena, weil ich dich mag, werde ich ehrlich sein. Schau mich an. Ich bin ein fast fünfzigjähriger Junkie. Warum zum Teufel willst du mich? Ich bin nicht einmal besonders reich. Du bist jung, hübsch und könntest mühelos einen Sugar Daddy finden."

„Aber ich will keinen Sugar Daddy, Kristof." Sie setzte sich neben ihn. „Ich will kein Geld, obwohl diese Wohnung großartig ist." Serena ließ ihre Hand in seine gleiten und war erfreut darüber, dass er sie ihr nicht entzog. „Warum soll sie alles bekommen – den Mentor, den milliardenschweren Fotografen, die Hauptrollen, das Scheinwerferlicht? Du weißt, dass ich so gut bin wie sie."

„Also darum geht es hier – Boh."

Serena presste ihre Lippen fest auf seine. „Sie ist nicht das einzige Mädchen auf der Welt."

Kristof stellte seine Kaffeetasse weg und zog sie auf seinen Schoß. Serena zappelte und spürte endlich, wie sein Schwanz reagierte. Kristof fuhr sich mit den Händen durch die Haare. „Du bist nicht so gut wie Boh und das weißt du auch. Aber du *könntest* es sein."

„Mit dem richtigen Mentor."

Er bewegte sich plötzlich, warf sie auf den Rücken und riss ihre Beine auseinander. Dann rammte er seinen Schwanz tief in sie und versuchte, etwas von der Macht wiederzuerlangen, die sich scheinbar verschoben hatte. „Und was würdest du dafür tun?"

Serena lächelte ihn an. „Alles, Kristof ... Ich würde *alles* tun."

14

KAPITEL VIERZEHN

Boh versuchte, nicht zu begeistert in das Loft zu blicken, das sie sich anschauten, aber sie sah die gleiche Aufregung in Pilots Augen. Das Loft, drei Blocks von der Ballettkompanie entfernt, war riesig, offen, mit roten Ziegelsteinwänden und großen Fenstern. Bohs Augen weiteten sich angesichts der unendlichen Möglichkeiten. War das jetzt wirklich ihr Leben?

Der Makler ließ sie allein, damit sie unter vier Augen reden konnten, und Pilot schlang seine Arme um sie. „Kannst du es sehen, Boh? Die Bücherregale an der Wand, unser Bett da drüben ..."

„Es ist perfekt", sagte sie und drehte sich in seinen Armen, um ihn zu küssen. „Es ist perfekt, aber ... ich kann unmöglich die Hälfte des Kaufpreises aufbringen."

Pilot sah überrascht aus. „Das ist nichts, worüber du dir Sorgen machen musst."

„Doch, das ist es. Zum einen ist es nicht fair dir gegenüber. Zum anderen möchte ich keine Frau sein, die sich aushalten lässt."

„Eine Frau, die sich aushalten lässt? Boh, alles, worüber wir reden, ist der Kauf einer Wohnung für uns. Was mir gehört, gehört auch dir. Willst du wirklich die Meinung anderer Leute über unser Glück stellen?"

Boh schüttelte den Kopf. „Nein. Aber ich zahle dir Miete."

„Also gut, wenn du willst." Pilot sah sich um. „Aber ich fühle es. Das hier ist das Richtige."

Boh lachte leise. „Wir entscheiden sehr oft nach Bauchgefühl, nicht wahr?"

„Das ist immer gut."

PILOT SPRACH MIT DEM MAKLER. „Wir nehmen es und wenn der Kaufvertrag bis zum Ende der Woche unter Dach und Fach ist, gibt es einen stattlichen Bonus."

„Ich bin sicher, dass wir etwas arrangieren können."

Pilot und Boh gingen Hand in Hand zum Mittagessen in einem ihrer liebsten Burgerläden. Beim Essen musterte Pilot Boh. „Du scheinst in Gedanken zu sein."

Sie lächelte ihn an. „Keine Sorge, ich habe keine Zweifel. Ich mache nur eine Bestandsaufnahme von allem, was passiert ist. Alles scheint auf einmal zu geschehen. Du und ich, die Ballett-Show, die Ausstellung."

„Eins nach dem anderen. Zwischen dir und mir ist alles gut. Die Ausstellung braucht nur noch ein oder zwei weitere Aufnahmen, etwas Intimes, denke ich. Zum Beispiel ein Foto von dir, wie dir Ketchup übers Kinn läuft." Er grinste, als sie schnell mit einer Serviette ihr Gesicht abwischte.

Boh kicherte. „Je mehr ich über die Ausstellung nachdenke, desto nervöser werde ich. Ich meine, werden die Besucher wirklich allein von meinen Fotos überwältigt sein, egal wie brillant sie aufgenommen worden sind?"

„Du verstehst es nicht, oder? Die Lebensfreude und die Schönheit, die du in meine Arbeit einbringst, sind transzendent.

Und deshalb will ich dich in den nächsten Jahren voll und ganz in den Fokus meiner Arbeit stellen." Er grinste verrucht und sie errötete lachend.

„Machiavelli."

„Oh ja. Apropos Machiavelli ... wie geht es Mendelev?"

Es war zwei Wochen her, dass sie in Kristofs Kurs zusammengebrochen war, und seitdem war er nicht unbedingt nett zu ihr gewesen, aber er hatte sie auch nicht allzu sehr bedrängt. Boh kannte die Schritte jetzt auswendig, und so hatte Kristof sich auf ihre und Elliotts Chemie und den Fluss ihrer Bewegungen konzentriert. Er hatte ihnen sogar gesagt, dass er mit dem *Lesson*-Segment zufrieden war, und machte mit *La Sylphide* weiter, während er Serena und Jeremy für *Romeo und Julia* vorbereitete.

Boh kam neuerdings zu normalen Zeiten nach Hause, aber sie sagte Pilot, dass sie diesem umgänglicheren Kristof nicht traute. „So ist er einfach nicht. Selbst wenn keine Vorstellung ansteht, ist er ein Monster, das uns antreibt, bis wir völlig erschöpft sind. Er hat etwas vor."

Pilot nickte. Er kannte das Gefühl. Eugenie hatte ihn seit ein paar Wochen nicht mehr angerufen und er wurde langsam paranoid. Er redete sich ein, dass sie vielleicht endlich eingesehen hatte, dass er nicht zu ihr zurückkehren würde – aber er kannte Genie zu gut.

Er seufzte, rieb sich den Kopf und wünschte, das Leben wäre einfacher und sie könnten in Ruhe ihre neue Liebe genießen. Boh fragte ihn, woran er dachte, und er sagte es ihr.

Sie nickte. „Ich weiß, Baby, aber so funktioniert die Welt nicht."

Er lächelte sie an. „Solange ich dich habe, bin ich glücklich."

„Immer." Boh nahm seine Wange in ihre Hand. „Aber ich hasse, was sie dir angetan hat, Pilot. Ich kann den Schaden sehen. Ein Mann wie du, ein starker, mutiger, wunderbarer

Mann wie du – das ist nicht fair. Ich wünschte, ich könnte zaubern und dafür sorgen, dass sie dich für immer in Frieden lässt."

Pilot drehte seinen Kopf und küsste ihre Handfläche. „Mach dir keine Sorgen. Eines Tages werde ich einen Weg finden, sie dazu zu bringen, endlich zu akzeptieren, dass es vorbei ist."

„Ich liebe dich", sagte Boh, „und ich will dich beschützen."

„Ich empfinde genauso, mein Schatz. Es gibt mir Kraft, zu wissen, dass du auf meiner Seite bist."

Sie küssten sich und kümmerten sich nicht darum, was die anderen Gäste im Restaurant davon hielten. Danach brachte Pilot Boh zurück zum Studio. „Hab Spaß bei deinem Kurs, Baby. Soll ich dich abholen?"

„Wo bist du heute Nachmittag? Im Atelier?"

„Ja."

Boh küsste ihn. „Dann komme ich zu dir. Ich will dich nicht bei der Arbeit unterbrechen."

Sie verabschiedeten sich und sie sah ihm nach, als er davonging. Er drehte sich noch ein paar Mal zu ihr um und lächelte.

„Wie romantisch", sagte hinter Boh eine sarkastische Stimme.

Boh drehte sich um und zeigte Serena den Mittelfinger.

„Behalte deine Eifersucht für dich, Schlampe", murmelte sie, als sie in das Gebäude der Ballettkompanie ging. Sie seufzte, als sie bemerkte, dass Serena ihr folgte. „Was willst du?"

„Oh, nichts, ich will nur meine Sachen aus dem Umkleideraum holen. Und dir sagen, dass Kristof krank ist. Celine leitet heute Nachmittag seinen Kurs."

„Sieh an, du kannst nicht nur schlechte, sondern auch gute Nachrichten verkünden." Boh fragte sich, warum Serena so bereitwillig Informationen weitergab. „Was stimmt nicht mit Kristof?"

„Wo soll ich anfangen?"

Trotz ihrer Abneigung gegen Serena musste Boh lachen. Sie musterte die Rothaarige. „Ich dachte, du und er ..."

„Oh, das sind wir. Es bedeutet aber nicht, dass ich blind für seine Fehler bin. Ich bin vieles, aber sicher nicht dumm."

„Nein, das bist du nicht", sagte Boh und Serena sah überrascht aus.

„Bitte sag mir nicht, dass wir dabei sind, uns anzufreunden, Dali." Aber sie hatte bei diesen Worten ein Lächeln im Gesicht.

Boh schnaubte. „Bestimmt nicht. Das bedeutet aber nicht, dass wir nicht versuchen können, miteinander auszukommen. Die Aufführung steht vor der Tür und wir sind alle aufeinander angewiesen."

Serena schnaubte unverbindlich. Im Gebäude angekommen, holte sie ihre Tasche aus dem Umkleideraum, während Boh begann, sich umzuziehen. „Bis später, Dali."

„Bis später."

ALS SIE ALLEIN WAR, wunderte sich Boh über Serena. Als diese drei Monate nach Boh der Kompanie beigetreten war, schien sie schüchtern und zurückgezogen zu sein. Ihre innere Hexe war erst zum Vorschein gekommen, als sie erkannt hatte, dass Boh auf der Überholspur war. Boh hatte den Eindruck, dass Serena daran gewöhnt war, alles zu bekommen, was sie wollte, und sie war tatsächlich eine begnadete Tänzerin. Ein echtes Naturtalent, aber etwas fehlte ihr. Wärme. Eine Verbindung zu ihrem Partner und auch zu ihrem Publikum. Das war der Unterschied zwischen Solistin und Prinzipaltänzerin.

Boh lächelte Celine an, als sie das Studio betrat. „Guten Tag, Madame Peletier."

Celines Augen wurden weicher. „Boh, ma chère, willkommen. Wir gehen gerade *La Sylphide* durch. Wärme dich für die Kombinationen auf."

Wie immer, wenn sie anfing zu tanzen, verlor sich Boh in der Bewegung, der Technik und der Schönheit des Balletts. *La Sylphide* war eines ihrer Lieblingsballette und mit Vlad, dem eleganten Russen, als Partner fand Boh sich bald in ihre Rolle ein.

Eine Stunde später jedoch unterbrach eine sehr blasse, erschütterte Nelly Fine das Training und bat Celine, mit ihr zu kommen. Celine runzelte die Stirn. „Wir sind mitten in der Probe, Nelly."

„Ich weiß und ich entschuldige mich für die Störung." Boh sah, dass die normalerweise optimistische Nelly den Tränen nahe war. „Aber es kann nicht warten. Bitte, Celine. Grace wird in wenigen Minuten hier sein, um den Unterricht für dich zu beenden."

Boh spürte, wie die Angst in ihrer Brust wuchs. Celine nickte und warf einen Blick auf die Tänzer. „Entschuldigt mich."

Sie ging mit Nelly fort und einen Moment später erschien Grace mit angespanntem Gesicht. Sie schloss leise die Tür hinter sich. „Hey, ruht euch alle aus, okay?"

Sie setzten sich auf den Boden und unterhielten sich murmelnd. Etwas war passiert. Grace holte tief Luft. „Freunde ... Es tut mir sehr leid, euch sagen zu müssen, dass unsere geliebte Madame Vasquez am frühen Nachmittag kurz nach dem Mittagessen gestürzt ist. Niemand hat den Vorfall gesehen, aber wir gehen davon aus, dass Eleonor verwirrt war und den Weg aufs Dach gefunden hat."

Boh keuchte, wie einige andere auch, und wusste, was kommen würde. Grace nickte und ihre Augen füllten sich mit Tränen. „Ja. Wir haben sie vor etwas mehr als fünfzehn Minuten in der Seitengasse des Gebäudes gefunden. Sie konnte den Sturz unmöglich überleben. Wir haben sie verloren ..."

Grace konnte nicht weitersprechen und Boh stand auf, um ihre weinende Freundin zu umarmen. Die meisten anderen hatten ebenfalls Tränen in den Augen. Boh sah, wie Elliott totenbleich und wacklig aufstand und aus dem Raum taumelte. Boh nickte Jeremy zu, der Elliott mit schockiertem Gesicht nacheilte.

Es ist schwer zu sagen, was man unter diesen Umständen tun soll, dachte Boh später, als sich alle im Gemeinschaftsraum trafen. Entsetzt und niedergeschlagen versammelten sich alle Mitglieder der Kompanie mit Ausnahme von Nelly und natürlich Celine. Selbst als Oona sich letztes Jahr umgebracht hatte, hatte nicht so viel Betroffenheit geherrscht. Liz Secretariat kam vor Trauer gebeugt zu ihnen.

„Meine Lieben, ich weiß nicht, was ich euch zum Trost sagen soll, denn es gibt keinen", sagte sie. „Einige der Jüngeren, wie Lexie und Keith, wissen vielleicht nicht, was für eine legendäre Primaballerina Eleonor Vasquez war, was für eine Vorreiterin."

„Wir wissen es, Madame Secretariat", sagte Lexie leise. „Wir wissen es."

Liz drückte Lexies Hand liebevoll. „Alles, was wir jetzt tun können, ist, Celine so gut wie möglich zu unterstützen und Eleonors Andenken zu ehren."

„Wir werden alles tun, was wir können, und hart dafür arbeiten, Madame Secretariat", sagte Boh, die immer noch die Hand von Grace hielt. „Alles. Vielleicht sollten wir die neue Show ihr widmen."

„Das ist ein schöner Vorschlag, Boh, und ich bin sicher, dass Celine auch eigene Ideen haben wird. Natürlich werden wir das erst nach der Beerdigung besprechen." Sie seufzte und sah plötzlich viel älter aus. „Geht für heute nach Hause und ruht euch aus. Wir werden das Studio morgen für alle öffnen, die tanzen wollen, aber ich sage alle Kurse und Proben ab. Wenn jemand von euch reden möchte, zögert bitte nicht, zu mir zu kommen."

Bohs Augen wanderten zu Elliott. Jeremy hatte ihn zurückgebracht, aber ihr Freund sah immer noch am Boden zerstört aus. Sie waren natürlich alle verzweifelt, aber mit Elliotts Trauer hatte es mehr auf sich.

Später, als sie sich auf den Heimweg machten, gelang es Boh, ihn allein zu erwischen. „Bist du okay?"

Er nickte, sah ihr dabei aber nicht in die Augen. „Ich denke nur an Celine und daran, wie sie sich fühlen muss. Seine große Liebe zu verlieren …"

Boh war nicht überzeugt, dass Elliott ihr die ganze Wahrheit sagte, aber sie drängte ihn nicht. Welche Geheimnisse Elliott auch verstecken mochte, sie gehörten ihm.

BOH GING LANGSAM zu Pilots Atelier und dachte darüber nach, was Elliott gesagt hatte. Seine große Liebe zu verlieren … Himmel, den Schmerz konnte sie sich nicht einmal vorstellen. Unwillkürlich dachte sie daran, wie es wäre, wenn Pilot sterben würde oder schwer verletzt wäre, und schluchzte.

Boh trat an die Seite eines Gebäudes und ließ ihren Kummer heraus. Sie vergrub das Gesicht in ihrem Schal, während sie weinte. Als sie fertig war, wischte sie sich das Gesicht ab und ging weiter zu Pilots Atelier, bevor sie plötzlich stehen blieb und sich umdrehte. Sie kehrte zur Ballettkompanie zurück und suchte Nellys Büro auf. Ihre Freundin saß mit dem Kopf in den Händen an ihrem Schreibtisch und sah auf, als Boh anklopfte.

„Komm rein, Boh. Verdammt, ich dachte, ihr seid alle nach Hause gegangen."

„Ich war auf dem Weg, aber ich brauche deine Hilfe."

Nelly sah sie neugierig an. „Was ist los?"

Boh holte tief Luft. „Ich brauche eine Adresse von dir."

. . .

Boh wartete darauf, dass der Hausverwalter den Telefonhörer auflegte, und fragte sich, wie die Antwort lauten würde. Sie war überrascht, als er sich zu ihr umdrehte und nickte. „Sie können hochgehen. Oberstes Stockwerk."

Sie fuhr mit dem Aufzug nach oben und wusste nicht genau, was sie sagen würde, aber sie war überzeugt davon, dass sie es tun musste.

Als sie die oberste Etage erreichte, klopfte sie an die Tür der Penthouse-Wohnung. Sobald sie geöffnet wurde, atmete sie erneut tief ein. „Hallo. Du weißt, wer ich bin. Wir müssen reden."

„Müssen wir das?", sagte Eugenie Radcliffe-Morgan mit einem Grinsen. „Dann komm besser rein.

15

KAPITEL FÜNFZEHN

Monate später fragte sich Boh, ob ihr Besuch bei Eugenie mehr bewirkt hatte, als den Wahnsinn der Frau zu befeuern, aber jetzt sah sie sich der Person gegenüber, die zehn Jahre lang die Ehefrau ihres Geliebten gewesen war. Eugenie war noch dünner als bei ihrer letzten Begegnung mit Boh, und ihre Schlüsselbeine ragten aus ihrem schulterfreien königsblauen Kleid auf. Boh wusste, dass es ein wunderschön geschnittenes Designerstück war, aber es tat nichts für die blonde Frau, sondern betonte nur ihren dürren Körper und ihre Zerbrechlichkeit. Sie war stärker abgemagert als einige der dünnsten Tänzerinnen, mit denen Boh zusammenarbeitete. Aß sie jemals etwas?

Eugenie schien ihre Blicke zu genießen. „Vergleichst du unsere Körper, um herauszufinden, was Pilot wirklich gefällt?" Sie musterte Bohs gesunde, athletische Gestalt von oben bis unten. „Hmm. Normalerweise zieht er eine schlankere Silhouette vor."

Boh sprang nicht auf den Köder an. Sie wusste, dass das nicht stimmte, und wenn sie auf etwas stolz war, dann auf ihren starken Körper, selbst wenn sie manchmal an Anämie litt. Diese

Frau war verrückt, wenn sie glaubte, dass Pilot ihr einen Haufen Knochen vorziehen würde.

„Eugenie, ich komme mit einer Bitte und einem Versprechen zu dir."

Eugenie setzte sich und zündete sich eine Zigarette an. Sie bedeutete Boh, sich ebenfalls zu setzen. „Ich höre."

„Lass ihn gehen", sagte Boh, ohne zu zögern. „Befreie ihn und dich selbst. Er will dich nicht, Eugenie, und ich denke, das weißt du auch. Warum verschwendest du also deine Zeit und seine?"

„Und deine?"

„Und meine. Keiner von uns braucht diese ständige Ablehnung. Pilot und ich sind jetzt zusammen."

„Du fickst ihn?"

Boh wusste, dass sie die Antwort darauf bereits kannte und sie nur verspottete. „Ja."

Eugenie schnippte die Asche von ihrer Zigarette in einen Aschenbecher. „Wundervoller Schwanz. So dick und lang. Findest du nicht?"

Boh sagte nichts. Eugenie löste einen Krümel Tabak von ihrer Zungenspitze und betrachtete Boh. „Du bist nicht sein Typ, weißt du."

„Das hast du schon gesagt. Offenbar täuschst du dich."

Eugenie grinste. „Denkst du etwa, du bist mehr als nur sein neuestes Loch zum Ficken? Er macht das mit all seinen Modellen. Er verliebt sich unsterblich in sie, während er mit ihnen arbeitet. Sobald die Show vorbei ist, verliert er das Interesse. Glaubst du wirklich, du kannst einen so schönen Mann bändigen?"

Boh glaubte kein Wort, aber sie verspürte dennoch einen Stich. „Ob Pilot und ich für immer zusammen sind, ist irrelevant. Ich will, dass du ihn in Ruhe lässt. Lass ihn sein Leben führen. Ich weiß, was du ihm angetan hast."

„Was ich *ihm* angetan habe?" Eugenie klang ungläubig und trotz des Lächelns auf ihrem Gesicht konnte Boh die Wut in ihren Augen sehen. „Er hat mich dazu getrieben, mich zu benehmen, wie ich es niemals getan hätte, wenn er nur ..."

„Wenn er was?" Bohs Stimme war hart. Sie erkannte falsche Schuldzuweisungen, wenn sie sie sah – ihr Vater war ein Meister darin gewesen und Boh hatte keine Geduld und kein Verständnis für Menschen, die sich so benahmen. „Wenn er das getan hätte, was du wolltest? Deine Affären ertragen? Und deinen Drogenkonsum? Ja, ich weiß alles darüber, Genie. Du hast diesen ...", sie suchte ein Wort, um Pilot zu beschreiben, „diesen *außergewöhnlichen* Mann wie Dreck behandelt. Du hast Jahre seines Lebens verschwendet. Fühlst du dich nicht einmal ein bisschen schuldig?"

Eugenie gab jeden Anschein von Belustigung auf. „Hau ab. Ich brauche keine Ethiklektion von einer kleinen Mulattin wie dir."

„Und da kommt der Rassismus. Du bist wirklich vorhersehbar." Boh stand auf und wollte von dieser abscheulichen Frau so weit weg sein wie möglich. „Erinnere dich nur an eines ... ich bin auf seiner Seite. Ich werde mit ihm gegen alles ankämpfen, mit dem du uns tyrannisieren willst. Mehr noch, ich erzähle jedem, der es hören will, wie widerlich und ekelhaft du bist" Sie ging auf die Tür zu, drehte sich aber im letzten Moment um. „Noch ein paar Ratschläge zum Schluss: Lerne, dir die Nasenlöcher richtig abzuwischen, und iss ein verdammtes Sandwich, um Himmels willen."

Boh knallte die Tür hinter sich zu, als sie davonging, und wusste, dass sie am Ende gemein geklungen hatte, aber das interessierte sie nicht. Eugenie Radcliffe-Morgan war die fürchterlichste Person, die sie je getroffen hatte. Der Gedanke, dass sie Pilot noch mehr wehtat ... *Nein. Das wird nicht passieren.*

. . .

IHR ADRENALIN TRUG sie zurück in Pilots Atelier und als sie sah, wie er von seiner Arbeit aufblickte und sie anlächelte, schlug ihr Herz vor Liebe schneller.

„Hey, ich habe dich nicht so früh erwartet."

Sein Lächeln verblasste, als sie ihm von Eleonor Vasquez erzählte. „Oh Gott, es tut mir so leid, Baby." Er legte seine Arme um sie und sie lehnte sich an seinen großen Körper.

„Celine leidet so sehr. Kannst du dir vorstellen, fünfzig Jahre mit jemandem zusammen zu sein, und es endet so? Mein Gott." Boh spürte, wie der letzte Rest des Adrenalins ihren Körper verließ, und sank in seine Arme.

Pilot hielt sie fest. „Ich habe keine Worte, die dich trösten könnten, Baby, aber vielleicht kann ich dich ablenken."

Sie neigte ihren Kopf, damit er sie küssen konnte. „Bitte, Pilot, bitte ..."

Seine Lippen drückten sich an ihre und er hob sie hoch. Sie streichelte sein Gesicht, als er sie zur Couch trug, wo sie sich zum ersten Mal geliebt hatten. Boh lächelte ihn an. „Ich liebe dich so sehr, Pilot."

„Du bist meine Welt", sagte er, als er begann, sie auszuziehen. „Meine ganze Welt."

Sie liebten sich langsam und genossen jeden Moment ihrer Verbindung, während der sie den Rest der Welt vergaßen. Als Pilots Schwanz tiefer und tiefer in sie eindrang, zitterte Boh und schnappte nach Luft. Ihre Brustwarzen drückten sich an seinen Oberkörper und ihr Bauch zitterte vor Verlangen, als er darüberstrich. Selbst wenn sie tanzte, war sie mit ihrem eigenen Körper nicht so fest verbunden – Pilot schaffte es, dass sie sich gleichzeitig kostbar und unzerstörbar fühlte.

ALS SIE SICH ERHOLTEN, schaute Boh ihn schüchtern an und erzählte ihm, wie sie bei ihm empfand. Pilot war überwältigt.

„Wow. Einfach wow." Er schüttelte den Kopf und vergrub sein Gesicht in ihrem Nacken. Als er den sauberen Duft ihrer Haut einatmete, hatte er eine Idee. „Baby?"

„Ja, Liebling?"

„Darf ich jetzt ein Foto von dir machen? Wie du hier liegst und so schön aussiehst ... es wäre das perfekte Finale. Die Art und Weise, wie das Licht den Schweiß auf deiner Haut funkeln lässt, dein fantastischer Körper ..." Er strich mit seiner Hand über ihren Bauch. „Du kannst Nein sagen, wenn du nicht willst, kein Druck."

„Ja", flüsterte sie, als könnte sie selbst nicht glauben, dass sie bereit war, sich nackt von ihm fotografieren zu lassen, nachdem sie sich geliebt hatten. Er küsste sie zärtlich. „Danke. Ich verspreche, niemand außer dir und mir muss die Bilder sehen, wenn es das ist, was du willst."

Bohs geschmeidiger Körper lag ausgestreckt und schweißbedeckt da, während Pilot die Aufnahmen machte, von denen er wusste, dass sie spektakulär sein würden. Er liebte den Ausdruck in ihren Augen, zufrieden, liebevoll und sinnlich. Als sie ihn mit diesen schönen braunen Augen direkt ansah, erkannte er Vertrauen und Hingabe darin, was ihn begeisterte. Es mit einer Kamera einzufangen war eine Sache. Aber zu wissen und zu glauben, dass es echt war, war noch einmal etwas ganz anderes. Boheme Dali liebte ihn genauso sehr wie er sie – er hatte keinen Zweifel daran und die Erkenntnis brach ihm beinahe das Herz.

Also konzentrierte er sich darauf, die besten Fotos seiner Karriere zu machen. Es war nicht nur das Porträt einer Tänzerin, sondern einer Frau, eines Mädchens, das vor ihm und *mit* ihm aufwuchs. Sanft von ihm ermutigt, posierte Boh für ihn, sowohl als Tänzerin als auch im Privat-Modus, in sein Sweatshirt gehüllt, lächelnd, völlig nackt bei einer Arabeske oder *en pointe*.

Er machte Nahaufnahmen ihres nackten Körpers, dessen Brustwarzen noch durch seine Berührung hart waren. Die Wölbung ihres weichen Bauches mit seinem tiefen, runden Nabel und die Schatten, die Pilot darauf mit seinen Scheinwerfern erzeugte, waren exquisit.

Es war nicht nur ein Fotoshooting, sondern eine Verlängerung ihres Liebesspiels. Häufig machten sie Pause, um wieder Sex zu haben, und sie waren beide nackt, lachten und spielten mit jeder Requisite, die sie finden konnten.

In den frühen Morgenstunden hörten sie auf und zogen sich schließlich an, um nach Hause zu gehen. Sie liefen Hand in Hand durch die Straßen Manhattans, obwohl es kalt war. „Ich liebe die Nacht", sagte Boh. „Selbst in New York herrscht dann eine besondere Stille."

Pilot lachte. „Es ist seltsam, aber ich weiß, was du meinst."

Sobald er zu Ende gesprochen hatte, heulte der Motor eines Autos auf und beide lachten.

„Übrigens, ich habe ganz vergessen, dir etwas zu sagen."

Boh sah ihn neugierig an. „Was?"

Pilot grinste. „Der Makler hat angerufen. Das Loft gehört uns."

KEINER VON IHNEN bemerkte die Frau, die ihnen folgte und sie aufmerksam beobachtete, als sie zurück zu Pilots Apartment gingen. Ihre Augen folgten ihnen, bis sie das Gebäude betraten. Dann drehte sie sich um und ging davon, bis sie in der Nacht verschwand.

16

KAPITEL SECHZEHN

Grace saß auf Bohs Bett und sah zu, wie sie ihre Kleider packte. „Ich werde dich vermissen". Sie lächelte ihre Freundin an.

„Ich dich auch. Ich fühle mich irgendwie schuldig, dich so im Stich zu lassen."

„Du tust nichts dergleichen." Grace reichte ihr einen Stapel Schals. „Als du Pilot das erste Mal getroffen hast, habe ich irgendwie vermutet, dass es so kommen würde. Ihr passt einfach perfekt zueinander."

Boh grinste. „Ja, nicht wahr? Aber kannst du die Miete allein bezahlen?"

„Mädchen, hör auf, dir Sorgen zu machen. Wenn du ein Geheimnis bewahren kannst, habe ich Neuigkeiten. Das *NYSMBC* hat mir in der nächsten Saison eine Lehrfunktion angeboten."

Boh hielt inne. „Was?"

„Ich ziehe mich vom Tanzen zurück, zumindest weitgehend. Die Stressfraktur, die ich letztes Jahr hatte, macht wieder Probleme und ich habe genug." Sie seufzte. „Ich war Prinzipaltänzerin bei meiner früheren Ballettkompanie – was gibt es sonst noch?"

„Primaballerina", sagte Boh und seufzte dann. „Aber ich kann es dir nicht verdenken."

Grace musterte sie. „Bist du wegen der neuen Show gestresst?"

„Ja und nein. Ich bin besorgt, weil Kristof nicht er selbst ist. Hast du es auch bemerkt? Keine Wutanfälle, kein Brüllen, keine Gewalt. Er scheint ... ruhiger zu sein."

„Vielleicht hat er endlich aufgehört, Drogen zu nehmen?"

Boh runzelte die Stirn und Grace kicherte. „Komm schon, hast du wirklich gedacht, er hätte aufgehört? Wir wissen alle, woher er seine Energie bekommt. Wie er die Drogentests besteht, weiß ich nicht, aber irgendwie schafft er es."

„Weiß die Kompanie davon?"

„Der Deal war, dass er sich regelmäßig testen lässt, sodass Liz und der Vorstand sagen können, sie seien ihrer Sorgfaltspflicht nachgekommen. Sie brauchen ihn vor allem wegen des anonymen Spenders. Ich frage mich immer noch, wer sein Wohltäter sein könnte."

Boh zuckte mit den Schultern und dachte an die bestandenen Drogentests. Kristof war entspannter, seine Augen waren klarer und sein Temperament war gezähmt. Vielleicht war er jetzt tatsächlich drogenfrei. Sie machte sich allerdings keine Illusionen, dass er bald zu seinem alten Ich zurückkehren würde. Noch zwei Wochen bis zur Show. Sie, Vlad, Elliott und die anderen beherrschten ihre Rollen – jetzt hieß es, Geduld bewahren.

Sie sah sich in dem leeren Raum um. „Wow. Wenn du mir das vor drei Monaten prophezeit hättest ..."

„Dass du dich in einen wunderschönen Milliardär verliebst, in ein tolles Loft-Apartment ziehst und das Thema einer großen Kunstausstellung wirst?"

Grace grinste, als Boh lachte. „Wenn du es so formulierst ..."
Sie setzte sich neben ihre Freundin auf das Bett. „Ich werde
auch tanzen. Am Ende der Ausstellung zeige ich ein kurzes
Stück. Das war Pilots Idee."

„Das *Arnalds*-Stück?" Grace sah beeindruckt aus und Boh
nickte.

„Ich habe mich überreden lassen. Außerdem sollte ich dich
warnen ... es wird, ähm, Aktaufnahmen geben."

„Von dir?"

„Ja, von mir."

Grace hob die Augenbrauen. „Mädchen ... ich bin stolz auf
dich. Meine Güte, der Mann ist so gut für dich. Und du für ihn,
ich weiß. Er ist den gequälten Blick losgeworden, den er hatte,
als wir ihn das erste Mal trafen."

„Du hast das auch gesehen?"

Grace nickte. „Ich beobachte gern Leute. Der Mann trug
Schmerz in sich und jetzt lebt er wieder."

Boh fühlte plötzlich eine Welle der Emotionen. „Ich denke
ständig, dass irgendetwas Schlimmes passieren und unser Glück
zerstören wird."

Grace umarmte sie. „Das ist nur menschlich, Boh, besonders
für eine New Yorkerin. Wir sind von Natur aus zynisch. Keine
Angst, nichts wird passieren."

PILOT KAM, um sie abzuholen, und sie teilten sich eine letzte
Mahlzeit mit Grace, chinesisches Essen, das Pilot mitgebracht
hatte, sowie zwei große Flaschen Champagner. Er stieß mit
ihnen an. „Ich würde sagen, ich habe ein schlechtes Gewissen,
weil ich dir Boh gestohlen habe, Gracie, aber das stimmt nicht."
Er grinste, als Grace lachte.

„Pass einfach auf mein Mädchen auf, mehr verlange ich
nicht."

„Ich verspreche es. Du weißt, dass du immer gern zu uns kommen kannst, wenn du einsam bist. Jederzeit."

Grace lächelte. „Du bist wirklich ein netter Mann, aber ich habe schon eine neue Mitbewohnerin gefunden."

„Sie ersetzt mich so schnell." Boh presste die Hand auf ihr Herz, sackte dramatisch auf ihrem Stuhl zusammen und seufzte schmerzerfüllt. Pilot grinste und Grace kicherte.

„Lexie. Das Mädchen muss jeden Tag von der anderen Seite der Stadt zur Kompanie pendeln. Ich habe ihr dein Zimmer zu einem günstigen Preis angeboten. Ich hoffe, es macht dir nichts aus."

„Überhaupt nicht. Das Mädchen verehrt dich und zwar aus gutem Grund."

Grace zuckte mit den Schultern. „Keine Ahnung, aber sie hat das Zeug zum Star."

„Das denke ich auch."

SCHLIEẞLICH WARF Grace sie aus der Wohnung. „Los, geht in euer neues Zuhause und seid glücklich. Ich liebe euch beide."

Als sie mit dem Aufzug zu ihrem Loft fuhren, verspürte Boh eine innere Ruhe. *Ein neues Leben*, dachte sie, *voller Liebe und Gelächter, und mit diesem wunderbaren Mann.* Sie sah zu Pilot auf, der ihre Hand hielt, und war immer noch überrascht von der Schönheit seines Lächelns.

„Bist du okay?"

„Mehr als okay", sagte sie. „Ich liebe dich."

„Ich liebe dich auch Baby."

Er bestand darauf, sie über die Schwelle zu tragen. Sie kicherte, als er so tat, als würde er unter ihrem Gewicht schwanken. „Wir sind nicht verheiratet, Pilot. Wir müssen das nicht tun."

Er blieb stehen, stellte sie auf die Füße und nahm ihr

Gesicht in die Hände. „Doch, das müssen wir. Das ist er, Boheme Dali. Der Anfang von allem. Von unserem gemeinsamen Leben Von jetzt an, Boh, werden wir die glücklichsten Menschen auf Erden sein."

Aber natürlich lag er damit falsch.

17

KAPITEL SIEBZEHN

Serena machte ihr Schließfach zu und verließ das Gebäude. Kristof unterrichtete noch, aber er hatte ihr einen Schlüssel zu seiner Wohnung gegeben. Ob er es sich selbst eingestanden hatte oder nicht, Serena betrachtete ihn als Belohnung für die Beseitigung seines Problems mit Eleonor Vasquez.

Und es war so einfach gewesen. Die alte Frau war allein durch die Korridore des Kompaniegebäudes geirrt. Sie auf das Dach und bis zu seinem Rand zu locken war ein Kinderspiel gewesen.

„Celine wartet hinter dieser kleinen Mauer auf Sie", hatte sie zu ihr gesagt und zugesehen, wie Eleonor Vasquez in den Tod ging. Serena redete sich ein, dass es kein richtiger Mord gewesen war.

Kristof war schockiert gewesen, als sie ihm erzählte, dass Eleonor gestorben war. Er hatte im Bett gelegen, weil ihm von seinem Drogenentzug ständig schlecht war. Sie grinste vor sich hin. Idiot. Er würde niemals drogenfrei sein – sie verabreichte ihm bereits eine neue Droge in seinem Essen. Zunächst in geringer Dosis, aber genug, um seine Reaktion darauf beurteilen zu können. Sobald sie die Dosis erhöhte, sah sie den Kontrollverlust in seinen Augen. Gut. Wenn sie wollte, dass er wieder durchdrehte, würde er es tun.

Sie nahm ihre Zigarettenschachtel heraus, als sie den Bürgersteig erreichte, und sah die Limousine, die am Bordstein parkte, erst als das Fenster heruntergefahren wurde.

„Entschuldigung?"

Serena blickte auf. Eine dünne, aber schöne blonde Frau lächelte sie an. „Ja?"

Die Frau winkte sie näher zu sich. „Du bist Serena Carver, nicht wahr?"

„Das ist richtig. Und du?"

Die Frau lächelte. „Eugenie Radcliffe-Morgan. Ich hätte gern ein wenig von deiner Zeit, wenn du nichts dagegen hast. Ich denke, wir könnten einander sehr nützlich sein."

ZUM ERSTEN MAL SAH BOH, wie Pilot nervös wurde. Heute entschieden sie über die Reihenfolge seiner Aufnahmen in der Ausstellung und sein Freund Grady Mallory flog aus Seattle zu ihnen, um sich die Fotografien anzusehen.

Trotz ihrer Kühnheit, Pilot zu erlauben, sie nackt zu fotografieren, zuckte sie leicht zurück, als sie ihren Körper in Großaufnahme sah – ihre Brüste, ihren Bauch und sogar das dunkle Dreieck zwischen ihren Schenkeln. Die Bilder waren umwerfend, das musste sie zugeben, aber trotzdem war es *ihr* Körper, der der Welt präsentiert wurde.

Grady Mallory beruhigte sie bald. Der attraktive blonde Mann Mitte vierzig linderte ihre und Pilots Nervosität durch seine lässige, freundliche Art.

„Es ist unglaublich, Pilot", sagte er, als sie durch den Raum des *MOMA* gingen. „So verdammt schön. Du hast Erstaunliches für die Stiftung geleistet." Er lächelte Boh an. „Und du ... bist du bereit, nach dieser Ausstellung ein Superstar zu sein? Weil du es sein wirst."

Sie errötete heftig. „Solange es der Stiftung hilft."

„Und wie ich höre, wirst du auch für uns tanzen, richtig?"

„Wenn die Musik genehmigt wird", sagte Pilot und drückte ihre Hand. „Ich hoffe es. Du musst Boh tanzen sehen, Grady. Es ist der zweitschönste Anblick auf Erden."

„Nur der zweitschönste?" Sowohl Grady als auch Boh lachten, und Pilot grinste und nickte zu der Aktaufnahme, die er von Boh gemacht hatte, kurz nachdem sie sich geliebt hatten.

„Das ist der allerschönste."

SPÄTER UNTERHIELT sich eine der Assistentinnen des *MOMA* mit Boh über den kleinen Bühnenbereich, wo sie tanzen würde. Pilot beobachtete, wie sie mühelos mit der Frau interagierte. Grady lachte. „Mann, du steckst in Schwierigkeiten. Ich kenne diesen Blick. Du bist verliebt, und zwar so richtig."

„Das kann man wohl sagen", erwiderte Pilot lachend. Er und Grady waren schon immer gut befreundet und Grady hatte – wie seine anderen Freunde auch – Eugenie nie gemocht, war aber immer zu höflich gewesen, es zu sagen.

„Schau dir diese Fotos an. Schau dir an, wie sie dich ansieht. Wow, Mann."

„Ich weiß."

Grady nickte. „Das ist der Höhepunkt deiner Karriere, Scamo. Ich hoffe, das ist dir klar."

„Glaub mir, das ist es. In Boh habe ich meine Muse getroffen. Es ist fast egal, dass sie Ballerina ist, obwohl es ein wesentlicher Teil von ihr ist. Man kann die Ballerina nicht von ihr trennen. Aber für mich ist Boh selbst ein Kunstwerk."

„Und das zeigt sich in deiner Arbeit, mein Freund." Grady klopfte Pilot auf die Schulter und lächelte, als Boh zu ihnen zurückkehrte. „Kann ich euch beide zum Abendessen einladen?"

Boh sah ihn bedauernd an. „Ich muss leider zur Probe, aber ihr zwei solltet essen gehen. Wir sehen uns später zu Hause, Baby." Sie küsste Pilot auf die Wange und traf seinen Blick.

Pilot lächelte sie an. „Sollen wir dich zum Studio fahren?"

„Nein, der Spaziergang dorthin wird mich aufwärmen. Grady, es war schön, dich endlich zu treffen. Ich schätze, ich sehe dich auf der Ausstellung, oder?"

„Wir sehen uns in zehn Tagen, hübsche Lady. Meine Frau Flori wird mich begleiten. Ich bin sicher, dass ihr beide großartig miteinander auskommen werdet."

SERENA STIESS ihr Champagnerglas gegen das von Eugenie und lächelte. Was die Frau ihr angeboten hatte und was Serena ihr im Gegenzug erzählte, machte ihr bewusst, wieviel Macht sie nun hatte. Als Eugenie ihre Handtasche öffnete und das Geld herauszog, musste Serena darum kämpfen, die Fassung zu bewahren. Sie hatte noch nie so viele 50-Dollar-Scheine gesehen.

Nun musterte sie die andere Frau. „Bist du sicher? Willst du wirklich so weit gehen?"

Eugenie lächelte. „Kannst du es schaffen?"

Einen Moment lang zögerte Serena. Worum sie gebeten worden war ... es gab kein Zurück davon. Ja, der Plan bedeutete, dass nur sie selbst von ihrer Schuld wissen würde. Aber konnte sie damit leben?

„Carver, ich habe dir eine Frage gestellt. Bist du dabei?"

Zur Hölle damit. „Ja", sagte sie entschlossen. „Ich bin dabei."

. . .

EUGENIE BEOBACHTETE, wie die Rothaarige davonging. Seit sie Kristof nach Hause gefolgt war, wusste sie, dass er mit der jüngeren Frau Sex hatte, aber erst als sie die beiden tatsächlich zusammen gesehen hatte, wurde ihr alles klar. Serena Carver hatte Kristof Mendelev unter Kontrolle. *Kristof!* Eugenie hatte bei dem Gedanken laut gelacht und dann war ihr fast genauso schnell bewusst geworden, wie nützlich das für ihren Racheplan sein könnte.

Jetzt, da Serena sie über das Verhältnis zwischen Kristof und Pilots kleiner Hure informiert hatte, waren die Dinge viel interessanter geworden und Eugenie wusste, dass sie eine Verbündete gefunden hatte, zumindest vorläufig. Die kleine rothaarige Tänzerin war eiskalt und Eugenie freute sich darauf, mit ihr zusammenzuarbeiten.

Es bedeutete auch, dass Eugenie einen Sündenbock hatte, und das war *immer* ein Bonus. Während ihrer gesamten Ehe war Pilot ihr Prügelknabe gewesen, aber jetzt brauchte sie eine andere Person, die ihr dabei half, ihn zu bestrafen.

Genie ergriff ihren Mantel. Der heutige Tag verlangte nach Cocktails bei *Gibson + Luce* in der 31. Straße. Sie fuhr mit dem Aufzug in die Lobby und ließ den Portier ein Taxi rufen. Sie lächelte immer noch, als sich der Fahrer vom Bordstein entfernte.

SERENA WARTETE, bis Kristof eingeschlafen war, und holte den Umschlag heraus, den Eugenie Radcliffe-Morgan ihr gegeben hatte. Sie zählte zweimal das Geld und ihre Hände bebten, als sie aus dem Fenster starrte. *Fünfhunderttausend Dollar.*

Serena machte ein paar zittrige Atemzüge. Das war enorm, vielleicht noch mehr als sie erwartet hatte. Konnte sie es tun? Sollte sie es tun?

Fünfhunderttausend Dollar.

Sie hörte, wie sich Kristof im Nebenzimmer rührte und nach ihr rief. Sie hatte fast Mitleid mit ihm. Dann sah sie wieder auf das Geld hinunter.

Fünfhunderttausend Dollar.

Der Preis eines Menschenlebens.

KAPITEL ACHTZEHN

Bohs Herz sank. Sie sah, wie Elliott mit einem resignierten Gesichtsausdruck in das Studio hinkte. „Oh nein, El, was ist passiert?"

„Irgendein Idiot hat mich heute Morgen mit seinem Motorrad angefahren und danach nicht einmal angehalten."

Boh ging zu ihm. „Ist der Knöchel verstaucht?"

„Ich hoffe, dass das alles ist", sagte Elliott und ließ sich auf den Boden fallen. Er zog seinen Beinwärmer zurück und beide keuchten. Blut sickerte durch seine Leggings. „Verdammt. Vielleicht ist es nur eine Fleischwunde. Ich habe schon mit Schlimmerem getanzt."

Als Kristof jedoch die Verletzung sah, schickte er Elliott ins Krankenhaus. „Ich will, dass mein Tänzer perfekt ist", sagte er wütend. „Elliott, bete darum, dass es nur eine Fleischwunde ist."

Aber das war es nicht. Elliott hatte sich einen Mittelfußknochen gebrochen. Er würde nicht in der Lage sein, in der Show zu tanzen, die nur noch einen Tag entfernt war.

„*Fuck!*", schrie Kristof und brachte damit alle zum Schweigen. Sogar den arroganten Jeremy, der sich sicher war, dass er jetzt für den verletzten Elliott in *The Lesson*, dem großen Finale der Show, einspringen würde.

Ein paar Minuten saßen alle still da. Nelly war gekommen, um ihnen bei der Diskussion darüber zu helfen, was zu tun war – zahlreiche Tickets waren bereits verkauft und das Publikum würde das erwarten, wofür sie geworben hatten.

„Oder besser noch ...", sagte Kristof schließlich und schaute zwischen Boh und Nelly hin und her. „Ich werde Elliotts Part tanzen."

Es herrschte eine verblüffte Stille. Nelly war die Erste, die sich erholte. „Kristof ... diese Show sollte den Schülern vorbehalten sein."

„Der Schüler, den ich gewissenhaft und umfassend trainiert habe, war unvorsichtig genug, sich zu verletzen. Ich traue keinem anderen zu, mit Boh zu tanzen." Er sah Nelly an. „Mach es möglich."

Nelly blickte zu Boh, die das Gesicht verzog, aber dabei mit den Schultern zuckte. Es war Kristofs Show. Er könnte alle Rollen selbst tanzen, wenn er wollte. Nelly seufzte und verließ den Raum.

„Boh." Kristof schnippte mit den Fingern, was sie verärgerte, aber sie stand trotzdem auf und nahm die erste Position ein.

Nach einem Nachmittag mit Kristofs zunehmend gereiztem Verhalten konnte sie es kaum erwarten, zu Pilot nach Hause zu kommen. Als sie die Tür öffnete, hörte sie Stimmen. Sie warf ihre Tasche in den Flur und ging ins Wohnzimmer. Pilot war dort und zu Bohs Entzücken grinste Romana sie an, während eine ältere Frau, die sie nicht erkannte, hinter Pilots Schwester stand. Romana umarmte Boh fest und flüsterte ihr dann ins Ohr: „Das ist unsere Mutter. Mach dir keine Sorgen, aber sie will dich einem strengen Verhör unterziehen."

Oh nein. Als Romana sie freigab, lächelte Boh die andere Frau schüchtern an. „Hallo, Mrs. Scamo ... ich meine, Professor Scamo. Ich freue mich, Sie kennenzulernen."

Blair Scamos Lächeln erreichte nicht ihre Augen und Boh wurde noch nervöser. Dieses Treffen war eindeutig ein Test für ihre Liebe zu Pilot. Bohs Augen glitten zu ihrem Geliebten. Pilot trat an Bohs Seite. „Mom, ich denke, wir müssen Boh die Chance geben, sich an diese Situation zu gewöhnen. Wir – und damit meine ich euch – haben sie nicht vorgewarnt. Können wir also wenigstens etwas trinken, bevor du dich auf sie stürzt?"

Blair Scamo starrte ihren Sohn einen Moment an und lachte dann. „Entschuldigen Sie, Boh. Lassen Sie uns noch einmal von vorn beginnen. Hallo, ich bin Blair, die Mutter von Pilot und Romana."

„Boheme Dali, Pilots ... Freundin." Sie errötete heftig.

Pilot lachte laut, und Romana verdrehte die Augen und stieß Boh an. „Mädchen, wir haben gerade die komplette Sammlung von Pilots Fotos von dir gesehen. Wir haben keine Geheimnisse. Mom weiß, dass ihr beide es miteinander tut."

„Hat dir jemals jemand gesagt, dass du verdammt nervig sein kannst?", fragte Pilot seine Schwester, die breit grinste. Er küsste Bohs Schläfe. „Baby, warum machen wir beide nicht ein paar Drinks und erholen uns, während es sich diese beiden Ladies bequem machen?"

Dankbar für die Fluchtmöglichkeit folgte Boh Pilot in die Küche. „Ich wusste nicht, dass sie kommen würden, ich schwöre es. Sie sind ungefähr fünf Minuten vor dir hier aufgetaucht. Ich hatte keine Zeit, dir eine SMS zu schicken."

„Mach dir keine Sorgen. Hallo", sagte sie und zog sein Gesicht für einen Kuss zu sich herunter. Er grinste und drückte seine Lippen an ihre.

„Hallo, Baby. Wie war dein Tag?"

Boh seufzte und verdrehte die Augen. „Ein Durcheinander.

Elliott wurde schwer verletzt. Er hat sich einen Mittelfußknochen gebrochen."

„Oh. Verdammt, das ist übel. Was ..."

„Kristof übernimmt seinen Part." Boh begegnete Pilots Blick und wusste, dass er genauso wütend darüber war wie sie.

„Das Ego des Kerls ist unglaublich."

„Ich weiß. Aber er kennt die Rolle in- und auswendig."

Pilot stieß einen langen Atemzug aus. „Ich ... Ach, verdammt nochmal."

„Was?"

Pilot lehnte sich an die Theke und verschränkte die Arme. „Ich weiß, dass es Schauspielerei ist. Ich weiß, dass es nicht echt ist ... Aber ich weiß nicht, ob ich es ertragen kann, wenn er gewalttätig zu dir ist. Ob ich es mit ansehen kann."

Sie hob die Hand, um sein Gesicht zu streicheln. „Es ist wirklich nur Schauspielerei, Baby. Das Gute an Kristof Mendelev ist, dass er auf der Bühne absolut professionell ist."

„*Kristof Mendelev?*" Blair Scamos empörte Stimme unterbrach ihre Unterhaltung.

Boh nickte. „Er ist unser künstlerischer Leiter."

Blair sah Pilot an. „Wusstest du davon?"

„Natürlich. Mom, weißt du was? Ich will Mendelev nicht verteidigen, er ist ein Idiot und ein Arschloch, aber er war nicht derjenige, der mit mir verheiratet war. *Genie* hat mich betrogen. Ich mag Mendelev nicht, aber er ist Bohs Boss."

Blair nickte und als sie Boh ansah, waren ihre Augen mitfühlend. „Wenn Sie es überleben können, von diesem Mann trainiert zu werden, überleben Sie alles. Das ist beeindruckend."

„Danke", sagte Boh leise und sah Pilot an. „Hey, Baby, warum lässt du mich und deine Mutter nicht eine Weile miteinander reden?"

Pilot zögerte und nickte dann. Er küsste Bohs Schläfe erneut und warf seiner Mutter einen warnenden Blick zu.

Einen Moment lang sagte niemand etwas. Dann grinste Blair. „Ich denke, er hält mich für die spanische Inquisition."

Boh kicherte. „Wenn Sie es wären, könnte ich es Ihnen nicht verübeln. Ich bin ein zweiundzwanzigjähriger Niemand aus dem Nichts. Nach allem, was Pilot in seiner Ehe durchgemacht hat, würde ich, wenn ich Sie wäre, sämtliche Lügendetektortests durchführen und mich mit Wahrheitsserum abfüllen. Hier sind die Fakten. Das alles ..." Sie wies mit der Hand durch das Loft. „... ist großartig. Aber ich würde mit Ihrem Sohn auch in einem Pappkarton wohnen. Ich würde unter einer Brücke schlafen, solange er bei mir wäre. Ich interessiere mich nicht für sein Geld. Es gehört ihm. Ich liebe ihn, den Mann, diesen lustigen, albernen, gutherzigen, verletzten Mann."

Sie wurde rot bei ihrer kleinen Rede, aber Blair griff nach ihr und die beiden Frauen umarmten sich. Boh spürte Tränen in ihren Augen. „Ich möchte sie umbringen für das, was sie ihm angetan hat", flüsterte sie.

Blair zog sich zurück und wischte mit ihrem Ärmel Bohs Gesicht ab. „Ich auch, meine Liebe. Ich auch."

DANACH VERBRACHTEN sie einen wunderbaren Abend mit Pilots Mutter und Schwester und am Ende versprachen die beiden, am nächsten Tag bei Bohs Auftritt dabei zu sein.

Nachdem sie gegangen waren, lächelte Pilot Boh an. „Du hast schon wieder einen neuen Fan gewonnen. Ich schwöre, du bist magisch."

„Deine Familie ist magisch. Ich muss zugeben, ich beneide dich."

Pilot streckte die Hand nach ihr aus. „Komm ins Bett."

Sie lagen eine Weile nebeneinander und unterhielten sich. „Glaubst du, du wirst dich jemals mit deiner Familie versöhnen?"

Sie schüttelte den Kopf. „Nein. Und ich weiß, dass ich gesagt habe, dass ich neidisch auf deine Familie bin, aber das bedeutet nicht, dass ich möchte, dass sich meine Familie auf wundersame Weise in sie verwandelt und in mein Leben zurückkehrt. Es ist zu viel passiert. Viel zu viel."

Pilot strich sanft über ihr Gesicht. „Boh, meine Familie ist jetzt auch deine."

„Ich liebe dich so sehr", flüsterte sie und drückte ihre Lippen an seine. Sie konnte sich ihr Leben ohne diesen Mann nicht mehr vorstellen.

Er rollte sie sanft auf den Rücken und legte sich auf sie. „Ist Ballett wie Sport? Ich meine, ist es ratsam, am Tag vor einer großen Aufführung Sex zu haben?"

„Es ist nicht nur ratsam", sagte sie und schnappte nach Luft, als er grinsend seinen steinharten Schwanz in sie schob, „es ist unbedingt empfehlenswert. Vor allem, wenn man den besten Fotografen der Welt liebt ... oh Gott, ja, Pilot, genauso ..."

Er stieß hart zu und sie spürte, wie ihr Körper reagierte. Ihre Oberschenkel verengten sich um ihn, als er sich mit jedem Mal stärker und tiefer in sie rammte. Seine Augen waren intensiv auf ihren, als sie sich liebten, und Boh spürte die Liebe, die er für sie empfand. Er ließ sie immer wieder kommen, bevor sie erschöpft zusammenbrachen.

Pilot hielt sie in seinen Armen, als sie einschlief. „Morgen, Baby", flüsterte er, „morgen bist du der Star."

„Solange du bei mir bist, ist es mir egal, wer der Star ist."

Er lachte. „Genieße es, Baby. Das ist dein großer Moment."

Sie schlief ein und träumte von Applaus, Blumen, die auf sie herabregneten, und Pilot im Publikum, der sie voller Stolz betrachtete.

KAPITEL NEUNZEHN

Eugenie rief Serena auf dem Handy an, das sie ihr geschickt hatte. „Ist es erledigt?"

„Ja. Kristof tanzt die männliche Hauptrolle, genau wie ich es ihm vorgeschlagen habe. Er wird morgen Abend mit Boh auftreten."

„Gut. Das ist gut. Und der Rest?"

„Alles arrangiert. Niemand rechnet damit, dass etwas passiert, deshalb gibt es kaum Sicherheitsvorkehrungen."

Eugenie lächelte. „Bist du bereit für das große Finale?"

Serena lächelte. „Verdammt, ich kann es kaum warten."

KAPITEL ZWANZIG

Pilot begleitete Boh am nächsten Tag zum Metropolitan, wo sie und die anderen Tänzer sich auf die Aufführung vorbereiteten. Ihn dabeizuhaben half, aber sie wusste, dass es Kristof nicht gefallen würde. Also gab sie ihm eine kurze Tour und erklärte ihm die Ballette.

„Am Ende von *The Lesson* ersticht der Lehrer die Schülerin", sie machte eine entsprechende Bewegung, „und dann wird ihre Leiche weggetragen, während eine andere Schülerin an der Tür klingelt und der Kreislauf von Neuem beginnt."

Pilot nickte. „Wie macht ihr das? Mit Kunstblut?"

„Nein. Es ist zu mühsam, es wieder zu entfernen. Ob du es glaubst oder nicht, ich, die Schülerin, werde vor dem Publikum zusammenbrechen, und wenn der Lehrer und seine Haushälterin die Leiche wegtragen, legen sie ein rotes Taschentuch auf mich. Es ist weniger blutig, als es klingt. Der wahre Horror ist die Erkenntnis, dass er es schon einmal getan hat und es wieder tun wird."

Pilot streichelte ihre Wange. „Ich kann es kaum erwarten, dich tanzen zu sehen, Baby."

Sie grinste und küsste ihn.

„Wie rührend, aber ich brauche jetzt die Bühne." Kristof stolzierte an ihnen vorbei, ohne Pilot anzusehen. Boh seufzte und verdrehte die Augen, während Pilot erst grinste und dann dem Rücken des künstlerischen Leiters tödliche Blicke zuwarf.

„Ich werde aus der ersten Reihe zuschauen, Baby. Du wirst großartig sein, ich weiß es einfach."

Boh küsste ihn. „Ich liebe dich."

„Macht endlich die Bühne frei." Kristof klang angespannt und schlecht gelaunt.

Pilot lächelte Boh noch einmal an und verließ die Bühne. Schließlich sah Kristof Boh an. „Na endlich. Wollen wir jetzt anfangen oder nicht?"

Eugenie rief Serena auf dem Handy an, das sie ihr gegeben hatte. „Alles okay?"

Serena lachte. „Keine Angst. Alles wird genauso laufen, wie wir es geplant haben." Sie sah ihren Geliebten über die Schulter an, als er den Tänzern Anweisungen erteilte. „Wenn dieser Abend vorbei ist, haben du und ich das, was wir wollen."

„Gut. Hör zu, ich werde zuschauen. Sobald es erledigt ist, wird der Rest des Geldes in dem Schließfach an der Penn Station hinterlegt. Ich weiß deine Hilfe und dein Schweigen zu schätzen."

„Du kannst dich auf mich verlassen", sagte Serena sanft. *Solange es mir nützt zu schweigen, Schlampe*, dachte sie. Obwohl sie mit der reichen Frau viel gemeinsam hatte, traute Serena Eugenie Radcliffe-Morgan nicht. Wenn sie ehrlich war, machte die Frau ihr Angst, , und Serena war nicht so leicht zu verschrecken. Aber da war etwas Wahnsinniges in Eugenies Augen, das sie fürchtete.

Selbst Kristof in seinem schlimmsten Wahn hatte nicht diese rohe Wut und diesen Rachedurst in sich. Interessierte es Serena, ob Menschen verletzt wurden? Nein, solange sie nicht unter ihnen war. Sie war bereits zu weit gegangen. Eleonor zu töten oder zumindest den Grundstein für ihren „Unfall" zu legen war in Serenas Augen nichts gewesen. Was aber heute Abend passieren würde, erregte sie. Sie wusste allerdings nicht, ob Eugenie sie notfalls verraten würde, um ihre eigene Haut zu retten.

Serena legte ihr Handy weg und sah zu, wie Boh und Vlad *La Sylphide* probten. Sie bewunderte die Art und Weise, wie Boh sich bewegte. Ihre Dehnungen waren lang und anmutig und ihre Schritte einwandfrei. Ihr auf die Bühne folgen zu müssen war immer schwierig.

Serenas Augen wanderten zu Kristof. Er sah nicht so aufgebracht aus, wie sie wollte. Sie würde ihm den Rest der Droge verabreichen müssen, bevor er auf die Bühne ging. Trotz des kleinen Skandals, dass der künstlerische Leiter einen Tänzer ersetzte, hatte die Chance, Kristof Mendelev tanzen zu sehen, zum Ausverkauf der Vorstellung geführt – selbst die Reserveliste war vollgepackt. Serena grinste vor sich hin. *Heute Abend, mein Lieber, wirst du die Performance deines Lebens zeigen und die ganze Welt wird Kristof Mendelev als das Monster sehen, das du wirklich bist.*

Serena beobachtete ihn noch ein paar Minuten, bevor sie sich umzog und für ihre eigene Probe bereitmachte.

Boh achtete auf alles, was Kristof tat, bevor sich der Vorhang hob. Den ganzen Nachmittag war er abgelenkt gewesen und hatte mit geweiteten Pupillen und schweißbedeckter Haut Beleidigungen geknurrt. Sie vermutete, dass er etwas genommen hatte, war aber überrascht, dass er es sich so deutlich anmerken ließ.

Sie rieb sich das Handgelenk. Während der letzten Probe

von *The Lesson* war er grob mit ihr umgegangen, rauer als nötig, und hatte ihr Handgelenk so fest gepackt, dass sie geschrien hatte. Er hatte ihren Arm sofort losgelassen und selbst ein wenig entsetzt ausgesehen. Dann hatte er eine Entschuldigung gemurmelt und war in seiner Garderobe verschwunden, vermutlich, um noch mehr von seinem Gift zu nehmen, was es auch war. *Egal.* Ihr Handgelenk war in Ordnung, es tat nur ein bisschen weh, aber als sie ihren *port de bras* durchging, fühlte es sich gut an.

Trotz ihrer Besorgnis über Kristof spürte sie, wie sie sich beruhigte. Sie kannte die Stücke – jede Bewegung, jeden Schritt, jeden Sprung, jede Pirouette. Sie würde das Publikum, das sich vor der Bühne versammelt hatte, vergessen – bis auf eine Person. Heute Abend würde sie für den Mann tanzen, den sie liebte, und sie wollte ihn mit jedem Schritt beeindrucken und fesseln.

„Miss Dali? Noch fünfzehn Minuten."

Ganz ruhig. Einatmen. Ausatmen. Boh stand auf und klopfte an die Tür nebenan. Lexie saß an ihrem Schminktisch und Boh konnte sehen, wie das Mädchen zitterte. Sie hatte die Rolle der Haushälterin in *The Lesson* bekommen als Belohnung dafür, dass sie so hart gearbeitet und Grace beeindruckt hatte, aber Boh konnte sehen, wieviel Angst sie hatte, und umarmte sie.

„Lexie, Schatz, du wirst großartig sein. Du wirst sowohl Kristof als auch mich selbst in den Schatten stellen, also fürchte dich nicht." Bo sah sich verschwörerisch um. „Verrate niemandem, dass ich das gesagt habe, aber in der Kompanie wird geredet. Wenn du in den *corps* kommst, wirst du dort nicht lange bleiben. Es ist von einer Solistenrolle in der nächsten Saison die Rede."

Lexies Augen weiteten sich. „Soll das ein Scherz sein?"

„Nein, Schatz, ich schwöre es. Die Einzige, die nicht weiß, wie gut du bist, bist du selbst."

„Danke, Boh."

ALS DIE MUSIK BEGANN, schwoll Pilots Herz an. Seine Schwester, die neben ihm saß, stieß ihn an und grinste. Blair Scamo saß auf seiner anderen Seite. Jeden Moment würde er seine große Liebe, seine bezaubernde Boh, auf dieser großartigen Bühne tanzen sehen, und für einen Moment wusste er nicht, wie sein Herz damit fertigwerden sollte. Sie hatte ihm so viel Freude geschenkt, so viel Glück, und sie jetzt in ihrem Element zu sehen ... er konnte es nicht in Worte fassen. Er sah seine Mutter an, die ihn anlächelte. „Du magst Boh, oder?"

„Junge, dieses Mädchen ist dein Gegenstück. Ich kann es sehen, Romana kann es sehen ... Boh ist die Richtige für dich und ich freue mich für euch beide."

Pilot spürte, wie seine Brust sich verengte, und er lächelte und nickte, konnte aber nicht sprechen.

Und dann begann das Ballett. Boh tanzte kokett und flirtend mit Vlad über die Bühne und verführte ihn mit ihrer Sanftmut und ätherischen Schönheit.

Wie Boh es ihm versprochen hatte, verlor Pilot sich in der Geschichte. La Sylphide, eine Waldfee, lockte einen jungen Mann namens James von seiner Verlobten weg, und die verschmähte Frau arbeitete mit einer Hexe zusammen, um sich zu rächen. Sie führten Akt II des Balletts auf, in dem die beiden Liebenden von der Hochzeitsgesellschaft entdeckt wurden. Pilot sah zu, wie Boh und Vlad von der Hexe überzeugt wurden, dass der Schal, den sie in der Hand hielt, magische Kräfte hatte und sie für immer aneinander binden würde.

Als der Schal um Boh gewickelt wurde, nahm die Tragödie ihren Lauf – er war vergiftet und La Sylphide starb in James' Armen. Pilot spürte, wie ihm der Atem stockte, als Boh ihre Todesszene durchlebte. *Es ist nur Schauspielerei.* Aus dem

Augenwinkel sah er, wie seine Mutter sich eine Träne abwischte.

Als James an gebrochenem Herzen starb, senkte sich der Vorhang und das Publikum brach in begeisterten Applaus aus. Pilot war auf den Beinen, sobald die Tänzer sich verbeugten, und Boh zwinkerte ihm von der Bühne aus zu. Romana jubelte laut, was ihr überraschte Blicke von einigen konservativen Zuschauern einbrachte, aber das interessierte sie nicht.

Pilot widmete dem zweiten Teil, *Romeo und Julia*, nur wenig Aufmerksamkeit. Stattdessen grübelte er über die Anordnung seiner Fotografien in der Ausstellung nach. Es gab so viele großartige Aufnahmen von Boh, dass er eine fantastische Auswahl hatte, aber er musste darauf achten, dass die Sammlung stimmig war.

In der Pause grinste Romana ihn an. „Hey, hast du auch nur einen Schritt im letzten Teil gesehen?"

Pilot zuckte mit den Schultern. „Nicht wirklich."

„Denkst du über die Ausstellung nach?"

Er nickte. „Ich muss sicherstellen, dass ich Boh ganz eingefangen habe, nicht nur in Ruhepositionen, sondern auch in der Art und Weise, wie sie sich bewegt, der Fluss ..."

Romana verdrehte gelangweilt die Augen und Pilot seufzte. Seine Mutter unterhielt sich mit einigen anderen Zuschauern und er spürte die Aufregung im Saal. Romana spürte sie auch. „Ich denke, alle sind gespannt auf den letzten Teil."

„Das denke ich auch."

Als sie ins Auditorium zurückkehrten, konnte er nicht anders, als sich unwohl zu fühlen. Wieder erinnerte er sich daran, dass es nur eine Aufführung war, und hoffte, dass er sich beherrschen konnte, wenn das Ballett seinen kontroversesten Moment erreichte.

Als sich der Vorhang hob, holte er tief Luft und wartete.

21

KAPITEL EINUNDZWANZIG

Boh wusste, dass etwas nicht stimmte, sobald Kristof erschien. Seine Augen sahen wild, unkonzentriert und wütend aus. Sie hoffte, dass es nur der Charakter war, den er spielte, aber sie wusste es besser. Dennoch spielte er die Rolle perfekt und Boh wurde daran erinnert, was für ein großartiger Tänzer er einmal gewesen war.

Als die Mordszene näherkam, wurde sie allerdings zunehmend nervös. Die Art, wie er sie berührte, war grob, selbst für dieses gewalttätige Ballett, selbst für den Lehrer, der von seiner Schülerin besessen war. Beim Finale zog Kristof das Requisitenmesser hervor und tanzte damit hinter Boh, deren Charakter seine Absichten nicht ahnen konnte.

Der Moment kam und Boh drehte sich um, sah das Messer zum ersten Mal und zuckte zurück, als Kristof sie attackierte. Das Messer schnitt durch die Luft und als er es in die andere Richtung zurückriss, streifte es ihren Körper und glitt über ihren Bauch.

Oh Gott, nein ...

Schmerz.

Boh riss sich los, blieb in ihrer Rolle, drehte sich jedoch von ihm weg. Sie sah, dass Lexies Augen sich schockiert weiteten und wie Kristof sie anstarrte. Boh riskierte einen Blick nach unten. Blut breitete sich auf ihrem Kostüm aus.

Das Messer war echt.

Boh riss sich zusammen – sie musste das Messer aus Kristofs Hand bekommen oder sie war wirklich tot. Kristof war wie erstarrt, aber zum Glück improvisierte Lexie und riss die Klinge von ihm weg. *Danke, Lexie*, dachte Boh und führte die Szene fort. Als sie sich umdrehte, sah sie, dass Pilot von seinem Platz aufgesprungen war. Sie sah das Entsetzen in seinen Augen und schüttelte subtil den Kopf. Dann „starb" sie und wurde von Lexie und einem verblüfften Kristof von der Bühne getragen.

„Macht das Ballett fertig", zischte sie. „Ich bin okay, es geht mir gut."

Wie sie es schafften, das Ballett zu beenden, würde Boh nie erfahren. Sie presste ein Stück Stoff auf ihren Bauch und trat schließlich zurück auf die Bühne, um den Applaus des Publikums entgegenzunehmen. Obwohl sie die Wunde spüren konnte, wusste sie, dass sie nicht tief war und schlimmer aussah, als sie tatsächlich war.

Kristof zitterte heftig und als sie schließlich die Bühne verließen, fiel er auf die Knie und umklammerte Bohs Hand. „Ich wusste es nicht, ich wusste es nicht …", wiederholte er fast hysterisch und Boh glaubte ihm. Jemand hatte das Requisitenmesser gegen ein echtes ausgetauscht. Jemand wollte sie tot sehen.

Liz, Nelly, Celine und Grace versammelten sich um sie und Liz rief eine Sanitäterin herbei. Sie brachte Boh in ihre Garderobe und zog sie aus, um sich die Verletzung anzusehen. Boh zuckte zusammen, als die Sanitäterin sie reinigte. Es war ein zwanzig Zentimeter langer Schnitt über ihren Bauch, aber wie sie gedacht hatte, nicht tief. „Sie brauchen ein paar Stiche, aber ansonsten …"

„Ich fühle mich schon besser."

Sie wurden von einem besorgten Pilot unterbrochen, der in den Raum stürmte. Seine Augen wanderten sofort zu der blutigen Wunde. „Mein Gott ..."

„Baby, mir geht es gut, ehrlich. Es ist nur eine Fleischwunde." Sie konnte sehen, dass er zitterte, und stand auf, um ihn zu küssen. Sie brachte ihn dazu, sich hinzusetzen, dann ließ sie sich auf seine Knie nieder, während die Sanitäterin ihre Wunde nähte. „Schatz, *atme.*"

„Was zum Teufel ist passiert?"

Boh seufzte. „Jemand hat das Requisitenmesser gegen ein echtes ausgetauscht."

Pilot starrte sie an. „Was?"

Die Tür öffnete sich und Romana und Grace kamen in den Raum. Sie sahen beide so schockiert aus wie Pilot. „Bist du okay?"

Boh nickte. „Ja, wirklich. Lexie ... wie geht es ihr?"

„Sie ist erschüttert, aber okay. Wer würde so etwas tun?"

Grace' Gesicht wurde hart. „Wir wissen es nicht genau ... aber Serena ist verschwunden."

Sie saßen einen Moment schweigend da, während sie diese Information auf sich wirken ließen. „Wo ist Kristof?"

„Ob du es glaubst oder nicht, er hat selbst die Polizei gerufen. Er hat Liz und Nelly gestanden, dass er seine Drogentests gefälscht hat, dass er glaubt, jemand habe ihm eine chemische Substanz verabreicht, und dass er es verdient, für das, was er getan hat, eingesperrt zu werden."

Boh starrte Grace an. „Ist das ein Scherz?"

„Nein. Ich glaube, er ist am Boden zerstört über das, was passiert ist. Er fragt ständig, wie es dir geht."

Boh zog ihr Kostüm hoch, als die Sanitäterin ihre Arbeit beendet hatte. „Ich will ihn sehen."

„Nein." Pilot stand auf und schüttelte den Kopf. „Auf keinen Fall."

Boh legte ihre Hand auf sein Gesicht. „Baby, es ist okay, es geht mir gut. Wir müssen mit Kristof sprechen – er weiß vielleicht etwas."

Kristof Mendelev war ein gebrochener Mann. Was war nur aus ihm geworden? Er erzählte der Polizei alles, während Liz Secretariat zuhörte, und bevor er zu weiteren Verhören zum Revier gebracht wurde, gab er Liz seinen Rücktritt bekannt.

„Es tut mir leid", sagte er mit heiserer Stimme. „Ich war arrogant und habe den Preis dafür bezahlt. Bitte sag Boh, dass ich hoffe, dass es ihr gut geht."

„Sag es mir selbst", sagte Boh, als sie, von einem wütenden Pilot Scamo flankiert, hereinkam. Kristof nickte und war erleichtert, dass sie tatsächlich nur leicht verletzt wirkte.

„Boh, ich weiß nicht, was zur Hölle passiert ist. Ich habe vor dem Auftritt etwas genommen, aber ich schwöre dir – ich wusste nicht, dass das Messer echt war." Er streckte den Arm aus, um ihren verletzten Bauch zu berühren, aber Pilot knurrte und schlug seine Hand weg.

„Denke nicht einmal daran, sie jemals wieder anzurühren, Arschloch."

Kristofs Schultern sackten zusammen und Boh legte eine Hand auf den Arm ihres Geliebten. „Pilot, es ist okay. Kristof, ich glaube dir, dass du nicht die Absicht hattest, mich zu verletzen. Aber wir müssen erfahren, wer so etwas tun würde, und obwohl ich denke, dass wir alle wissen, wer das ist, möchte ich es von dir hören."

Kristof schloss die Augen, als Liz sprach. „Und ich muss wissen, mit wessen Urin du die Tests bestanden hast."

„Nein." Kristof sah zu Liz. Seine Augen waren jetzt ruhig.

„Ich habe Unrecht getan. Ich habe denjenigen praktisch dazu erpresst. Ich will nicht, dass er bestraft wird."

Liz sagte nichts und ihre Augen wurden hart. Boh seufzte. „Okay, ich werde sagen, was alle denken. Es war Serena, nicht wahr?"

Kristof seufzte. „Ich kann es nicht mit Sicherheit sagen. Aber ..., wenn ich eine andere Substanz als Kokain in mir habe, dann ist sie die Einzige, die sie mir verabreichen konnte."

„Sie hasst mich." Boh wurde schwindelig und Pilot führte sie zu einem Stuhl. Boh beugte sich vor und sog Sauerstoff in ihre Lunge. „Ich wusste nur nicht, dass sie mich genug hasst, um mich töten zu wollen. Mein Gott."

„Boh, es tut mir so leid." Diese Seite von Kristof hatte sie noch nie gesehen. „Ich werde der Polizei alles sagen und tun, was ich kann, um zu helfen. Ich bin bei Weitem nicht unschuldig und werde die Strafe akzeptieren, die ich bekomme. Liz, es tut mir leid. Du, Boh und die Kompanie habt etwas Besseres verdient als mich."

NACHDEM KRISTOF von der Polizei abgeführt worden war, brachte Pilot Boh nach Hause. Blair und Romana kamen mit, aber sie blieben nicht lange, als sie sahen, dass das Paar Zeit für sich brauchte.

Romana umarmte Boh fest. „Ich liebe dich", flüsterte sie. „Ruh dich aus."

Nachdem Pilot sie zum Abschied geküsst hatte, schloss er die Tür ab, kam zu Boh und schlang seine Arme um sie. „Bist du sicher, dass es dir gut geht?"

„Ja." Sie lehnte sich in seine Wärme. „Ich würde gerne ein Bad nehmen. Kommst du mit?"

Pilot drückte seine Lippen gegen ihre. „Nichts kann mich aufhalten."

Als sie in das warme Wasser eingetaucht waren, wusch Pilot ihr langes dunkles Haar und massierte Conditioner darin ein, während sie sich an seine Brust lehnte.

„Bei all dem Chaos", sagte er leise, „habe ich dir noch gar nicht gesagt, wie schön du getanzt hast. Ich war völlig hingerissen."

Boh setzte sich auf und lächelte ihn an. „Es hat dir also gefallen?"

„Musst du das überhaupt fragen? Du bist eine Göttin, Boheme Dali, auf der Bühne und davor."

Sie lächelte, nahm seine Hand und drückte sie gegen ihre linke Brust. „Dir gehört mein Herz, Pilot Scamo. Heute Abend habe ich nur für dich getanzt."

Sie küssten sich und Pilots Mund verzog sich zu einem Lächeln. „Boh?"

„Ja, Baby?", murmelte sie gegen seine Lippen.

„Wenn wir deine Haare jetzt nicht ausspülen, bleibt der Conditioner drin, denn es gibt keine Möglichkeit, dass wir nicht gleich Sex haben werden."

„Ha, okay."

Er spülte schnell ihre Haare aus und sie setzte sich rittlings auf ihn. „Berühre mich, Scamo."

Seine Hand glitt zwischen ihre Beine und begann, ihre Klitoris zu liebkosen, und sie stöhnte und drückte ihre Lippen gegen seinen Hals. Pilot steckte zwei Finger in ihr Zentrum, suchte ihren G-Punkt und presste seine Hand gegen ihr Geschlecht.

Ihre eigenen Hände wanderten nach unten, um seinen Schwanz zu streicheln, der so dick und schwer war, und ihre Finger berührten die empfindliche Spitze, was Pilot vor Lust erschaudern ließ. Seine freie Hand zog ihr Haar in ihren Nacken und führte ihr Gesicht zu seinem, sodass er sie küssen konnte und seine Zunge ihre streichelte. „Ich will in dir sein, Frau."

Boh grinste und sie bewegten sich so, dass sie seinen Schwanz tief in sich aufnehmen konnte und glücklich seufzte, als er sie füllte. Sie liebten sich langsam und das Badewasser umgab sie dabei warm und nass. Pilot saugte an ihren Brustwarzen, während sie fickten, und Boh schloss die Augen und gab sich dem süßen Vergnügen hin.

SPÄTER ZOG Pilot sie im Bett an sich und legte seine Arme schützend um sie. Boh schloss die Augen, konnte aber nach allem, was passiert war, nicht einschlafen. Es war verdammt knapp gewesen. Sie hatte ihr Überleben Lexie zu verdanken, die Kristof das Messer abgenommen hatte, aber sie glaubte wirklich nicht, dass Kristof sie verletzen wollte, egal wie high er war. Was sie wieder zu Serena führte. Boh war immer noch geschockt über die Tatsache, dass Serena so weit gehen könnte, sie umbringen zu wollen. Neid war wirklich nicht zu unterschätzen.

AM ANDEREN ENDE der Stadt hörte Eugenie sich am Telefon Serenas Ausreden dafür an, dass Boheme Dali noch lebte, und empfand nichts als Wut. „Du dumme, kleine Schlampe ... du hast mir versichert, dass es funktionieren würde."

„Ich habe alles getan, was ich sollte – und jetzt brauche ich deine Hilfe. Ich muss die Stadt verlassen."

„Das ist nicht mein Problem."

Serena zischte: „Ich könnte zur Polizei gehen und alles verraten. Vergiss das nicht, du Miststück. Ich bin sicher, dein Ex-Ehemann würde nur zu gern wissen, dass du versucht hast, seine Freundin umzubringen."

Eugenie schnaubte. „Er weiß, dass sie tot wäre, wenn ich sie tot sehen wollte. Aus diesem Grund sollte ich nicht mit

Amateuren zusammenarbeiten. Ich werde mich selbst darum kümmern."

„Und ich?"

Eugenie lächelte. „Wenn ich du wäre, Carver, würde ich schnellstens aus der Stadt verschwinden, bevor die Polizei oder ich dich in die Finger bekommen."

Als sie das Klicken am anderen Ende der Leitung hörte, lächelte Serena. Sie hatte den Anruf mit ihrem Handy aufgezeichnet. *Wenn ich untergehe, nehme ich sie mit*, dachte sie. Serena hatte so viel Geld von ihrem Konto abgehoben wie möglich und aus Kristofs Wohnung alles verkauft, was sie loswerden konnte, aber sie würde auf keinen Fall die Stadt verlassen, ohne alle anderen mit ihr zu vernichten.

Sie steckte ihr Handy in die Tasche und trank den Rest ihres Kaffees. Dann schritt sie aus dem Café in die Nacht und wartete an einem Fußgängerüberweg.

Sie sah das Auto nicht, das direkt auf sie zusteuerte und sie überfuhr, bevor es zum Stehen kam. Serena wurde unter den Vorderrädern zerquetscht, als die Leute um sie herum zu schreien begannen. Der Fahrer stieg aus und nahm Serena ihr Handy ab. Während sie mit eingedrücktem Brustkorb und nahezu abgetrenntem Bein unter dem riesigen SUV verzweifelt nach Luft schnappte, stieg der Fahrer wieder ein und raste wortlos davon.

Als Serena verblutete, war ihr letzter Gedanke, dass Eugenie gestörter war, als sie je für möglich gehalten hätte, und dass sie irgendwo tief in ihrem Inneren Mitleid mit Boh und Pilot empfand. Sie wusste, dass die beiden niemals einen Moment des Friedens haben würden, solange Eugenie Ratcliffe-Morgan lebte.

KAPITEL ZWEIUNDZWANZIG

„Tot?"

Der Detective nickte. „Am Tatort. Fahrerflucht, soweit wir wissen. Wir befragen noch die Zeugen." Er sah Boh mitfühlend an. „Ich weiß, es wäre Ihnen lieber gewesen, wenn Ms. Carver vor Gericht gestellt worden wäre."

Boh nickte. „Ich hätte ihr nie den Tod gewünscht."

Neben ihr schnaubte Pilot. „Um ehrlich zu sein, hat sie es nicht anders verdient. Ich bezweifle, dass jemand um sie trauern wird."

Boh wusste, dass er wütend war, aber sie drückte seine Hand. „Es ist jetzt vorbei." Sie sah den Detective an. Er war zum Gebäude der Ballettkompanie gekommen, wo Boh und Pilot zu einem Treffen mit der Kompanieleitung eingeladen worden waren. Liz, Celine, Nelly und sogar der Gründer Oliver Fortuna, ein stattlicher Engländer Ende siebzig, saßen still da und hörten zu, als der Detective die Nachricht von Serenas Tod verkündete.

Der Detective verabschiedete sich von ihnen. „Sobald es weitere Informationen gibt, melden wir uns bei Ihnen."

. . .

Liz erzählte allen, dass der Vorstand Grace mit sofortiger Wirkung zur neuen künstlerischen Leiterin der Ballettkompanie ernannt hatte. „Wir brauchen jetzt vor allem Stabilität. Kristofs Show wurde sehr gut aufgenommen, aber wir wären naiv zu glauben, dass das, was passiert ist, nicht in den Zeitungen breitgetreten werden wird. Randall McIntosh schnüffelt schon herum. Er hat etwas gemerkt, obwohl du und Lexie ausgezeichnete Arbeit geleistet habt, um den Vorfall zu überspielen." Liz lächelte Boh an. „Unter den gegebenen Umständen warst du eine Kriegerin, Boh. Wie fühlst du dich?"

„Ehrlich? Wie betäubt. Aber physisch in Ordnung, wirklich. Lexie ..."

„Ihr geht es gut, auch wenn sie tief erschüttert ist. Wir haben ihr den Rest der Woche freigegeben, aber heute Morgen ist sie trotzdem mit Grace im Studio."

Boh lächelte. „Das ist unser Mädchen." Sie schaute Oliver Fortuna schüchtern an. „Mr. Fortuna, Lexie ist eine außergewöhnliche Tänzerin und ihre Arbeitsmoral ist unübertroffen. Ich hoffe, dass wir dies berücksichtigen können, wenn wir über ihre Zukunft bei unserer Kompanie diskutieren."

Oliver lächelte. „Sie können darauf wetten, dass wir das tun werden, Boh." Er sah Pilot an. „Nelly hat mir einige Arbeiten von Ihnen gezeigt – sensationell. Wir würden gerne weiterhin mit Ihnen zusammenarbeiten, wenn Sie Zeit haben."

Pilot nickte. „Danke. Ich fühle mich geehrt."

„Wir freuen uns alle auf Ihre Ausstellung am Freitag. Und ich möchte einen persönlichen Beitrag zur *Quilla Chen Stiftung* leisten", fuhr Oliver fort. „Nun, erwarten Sie nicht zu viel. Wir könnten Aufführungen geben, von denen die Stiftung profitiert ... ob Sie es glauben oder nicht, ich bin nicht reich."

„Jeder Beitrag würde helfen, danke." Pilot sah Liz an. „Aber ich höre, dass einige Finanziers der Kompanie unruhig werden."

Liz seufzte. „Erst Oonas Selbstmord, dann Eleonors Unfall – entschuldige, Celine – und jetzt das ..."

Pilot nickte. „Liz, Oliver... Die Scamo-Familie wird dafür sorgen, dass Sie sich nie wieder Sorgen um die Finanzierung der Kompanie machen müssen. Wir werden das Defizit ausgleichen und bei Bedarf zusätzliche Mittel bereitstellen."

Sowohl Oliver als auch Liz sahen fassungslos aus. Nelly lächelte ihren alten Freund an. „Das hätte ich mir denken können."

„Was wollen Sie als Gegenleistung?"

Pilot sah bei Olivers Frage überrascht aus. „Nichts. Abgesehen davon, dass Sie Ihre Tänzer gut behandeln. Das ist alles, was ich verlange." Er drückte Bohs Hand.

PILOT SASS BEI BOH, als sie ihr Trikot und ihre Ballettschuhe überstreifte. Die Umkleidekabine war leer – am Samstagmorgen hatten die meisten Tänzer frei. Sie waren an dem Studio vorbeigegangen, wo Grace und Lexie probten – oder besser gesagt, miteinander tratschten –, und ein paar Minuten mit ihren Freunden verbracht.

„Ich weiß, ich sollte die Zeit nutzen, um mich auszuruhen", sagte Boh, „aber ich möchte wirklich tanzen. Nur ein oder zwei Stunden, um das Stück für deine Ausstellung zu proben." Sie tippte auf seine Kamera. „Du kannst mich fotografieren oder einfach nur zuschauen, wenn du möchtest."

„Nur zu gern."

Er setzte sich vor den Spiegel. Boh bemerkte, dass sie sich ruhiger fühlte, wenn er in der Nähe war und sie beobachtete. Sie hatte in ihm jemanden, mit dem sie die Leidenschaft teilen konnte, die sie beim Tanzen empfand. Während die schöne Musik gespielt wurde, war Pilots attraktives Gesicht ihr Fokus und ihr Körper reckte sich ihm sehnsüchtig und liebevoll entgegen.

Als sie fertig war, applaudierte er ihr und sie konnte sehen, wie ergriffen er war. Sie setzte sich neben ihn und er küsste sie. Boh grinste und zerzauste seine Locken. „Hübscher Junge."

Pilot lachte. „Verrückte Frau. Mein Gott, Boh, es ist ein Privileg, dich tanzen zu sehen."

Sie lehnte sich an ihn. „Es ist mir eine Ehre, dich zu kennen, Pilot Scamo. Du holst das Beste aus mir heraus."

„Und du aus mir."

Es klopfte und Elliott steckte seinen blassen Kopf durch die Tür. Boh und Pilot rappelten sich auf. „Hey, El, komm rein."

Er humpelte auf Krücken in den Raum. „Kann ich mit euch sprechen? Es ist wichtig."

EINE STUNDE später waren sie wieder in Liz' Büro. Diesmal war Celine diejenige, die blass aussah. Nachdem Elliott ihnen die Geschichte erzählt hatte, wie Eleonor ihn und Kristof auf der Toilette überrascht hatte, erklärte er, wie Kristof ihm gesagt hatte, Serena habe angeboten, das Problem zu „beseitigen". Der Schock darüber, dass Eleonors Tod kein Unfall gewesen war, war greifbar, aber Celine nickte nur.

„Ich habe mich schon gefragt, ob jemand sie aufs Dach geführt hat. Es war keine ihrer üblichen Routen, wenn sie verwirrt war. Ich habe ehrlich geglaubt, dass niemand meine liebe Eleonor verletzen würde … aber jetzt wissen wir, dass Serena Carver eine Psychopathin war." Sie sah Boh an. „Gott sei Dank war sie kein zweites Mal erfolgreich."

Pilot war aufgebracht. Boh spürte die Anspannung in seinem Körper, aber als er sprach, war seine Stimme ruhig. „Was ich nicht verstehe, ist, wie so jemand in dieser Umgebung existieren konnte, wo alles geteilt wird. Alle hier geben körperlich und geistig so viel von sich preis, und niemand hat den Wahnsinn in ihr gesehen? Was ist mit ihrer Familie?"

„Es gab seit Jahren keinen Kontakt mehr."

Pilot seufzte. „Celine, es tut mir so leid. Ich möchte nur verstehen, warum Eleonor gestorben ist und warum Boh letzte Nacht beinahe ermordet worden wäre."

„Ich denke, das wollen wir alle", sagte Liz. „Aber jetzt, da Serena tot ist, werden wir es nie erfahren. Wir müssen an die Zukunft denken." Sie sah Elliott an, dessen Schultern herabsanken. „Und ich muss ein paar Minuten allein mit Elliott sprechen."

Boh drückte Elliotts Schulter, als sie den Raum verließen. Dann ging sie mit Pilot nach Hause in ihre gemeinsame Wohnung.

„Was für ein Chaos", sagte sie und Pilot nickte.

„Wir werden das durchstehen, Baby."

Sie lächelte ihn an. „Ich weiß. Ich liebe dich."

Er strich mit seinem Handrücken über ihr Gesicht. „Und ich liebe dich. Komm. Lass uns zu Mittag essen, dann kannst du mir vielleicht bei der Arbeit helfen."

„Gerne."

Das Gute daran, stinkreich zu sein, dachte Eugenie, *ist, dass man sich eine Flotte von Privatdetektiven leisten kann, um seinen Ex-Ehemann verfolgen zu lassen und zu erfahren, was er jede Sekunde des Tages macht.*

Als ihr Detektiv sein Video streamte, sah sie, wie Pilot und seine Tänzerin in sein Atelier gingen. Das Carver-Mädchen, das nun dankenswerterweise zum Schweigen gebracht worden war – was für eine Amateurin –, hatte es versäumt, Boheme Dali zu töten, also musste Eugenie es selbst tun.

Und bei Gott, sie wusste, wie sie das machen würde. Schon

in einer Woche würden zwei weitere Leben zerstört sein, aber sie würde glücklicher sein denn je.

Sie konnte es kaum erwarten.

23

KAPITEL DREIUNDZWANZIG

Grady Mallory stellte Boh seiner Frau Flori und zwei Freunden vor, die sie begleiteten. „Boh, Pilot, das sind Maceo und Ori Bartoli. Pilot, Maceo ist daran interessiert, deine Ausstellung in Italien zu zeigen. Redet darüber." Grady grinste, als Maceo und Pilot sich lachend die Hände schüttelten.

Flori nahm Boh und Ori mit, um Getränke zu holen. „Das ist der langweilige Teil. Hört zu, ich weiß, dass Quilla bald hier sein wird, also sollten wir die Chance auf einen Vorsprung beim Trinken nutzen."

Boh kicherte. Mit den beiden Frauen zusammen zu sein machte viel Spaß, aber Bohs Aufmerksamkeit wurde immer wieder auf ihren Geliebten gelenkt, der von seinen Kollegen, der Presse und den Kunstkritikern gefeiert wurde. Die Ausstellung war vor einer Stunde eröffnet worden und Boh hatte sich inzwischen daran gewöhnt, dass ihre intimsten Stellen der Öffentlichkeit gezeigt wurden.

Sie musste zugeben, dass Pilot ihren Akt geschmackvoll fotografiert hatte. Die meisten Leute äußerten sich zu der Liebe in ihren Augen und sie wusste, dass Pilot zufrieden war. Es war wirklich eine Kollaboration zwischen ihr und ihm – Pilot war vielleicht nicht selbst auf den Fotos, aber er war bei jeder Aufnahme dabei.

Es gab eine Aufnahme, die sie zusammen zeigte, ein kleines Bild für seine Biographie am Ende der Ausstellung. Beide lachten, steckten die Köpfe zusammen und die Liebe zwischen ihnen war spürbar. Boh hatte sich von Pilot versprechen lassen, dieses Bild niemals zu verkaufen.

„Ich habe das Original auf meinem Computer." Er hatte gelacht, aber es versprochen.

„Ich möchte einfach nicht, dass irgendjemand dieses Bild hat. Das sind wir. Es verkörpert alles, was wir gemeinsam durchgemacht haben."

Pilot hatte bereits diverse Angebote von Interessenten erhalten, aber er wollte warten, bis er die Ausstellung auf der ganzen Welt präsentiert hatte. Boh wusste, dass Maceo Bartoli in der europäischen Kunstszene eine wichtige Rolle spielte, so wie die Mallorys in den Vereinigten Staaten, und dass eine Welttournee Pilot das Selbstvertrauen geben würde, das er jetzt gerade brauchte.

Und sie würde jeden Moment an seiner Seite sein.

QUILLA CHEN MALLORY war eine erstaunlich schöne Frau und einer der liebenswürdigsten Menschen, die Boh je getroffen hatte. Als die Leiterin der Stiftung eintraf, ging sie mit Boh Arm in Arm durch die gesamte Ausstellung und sie sprachen ausführlich über jedes Foto. Boh beobachtete, wie sie Ori und Floriana mit Umarmungen begrüßte – offensichtlich alte Freundinnen –, aber sie bezog Boh dennoch in ihre Gespräche ein. Boh stellte sie ihren Freunden vom Ballett vor und hatte bald das Gefühl, sie würden sich seit Jahren kennen.

Quilla, deren schöne Mandelaugen funkelten, zog Boh

beiseite. „Meine Liebe, diese Fotografien sind fantastisch. Ich hoffe, dass du und Pilot weiterhin zusammenarbeitet. Ich habe ihn noch nie so aufgeregt gesehen. Grady und ich waren ein bisschen besorgt darüber, dass er in den letzten Jahren seinen inneren Antrieb verloren hatte."

„Ich denke, das lag hauptsächlich daran, was in seinem Privatleben vor sich ging."

Quilla nickte und ihr Lächeln verblasste. „Ja. Ich hatte das Pech, Eugenie ein paar Mal zu treffen. Was für eine abscheuliche Frau. Ich habe nie begriffen, was er in ihr sah." Sie drückte Bohs Hand. „Aber er hat jetzt die Richtige gefunden."

Sie sah das Publikum an. Alle waren von den ausgestellten Fotografien fasziniert. „Es scheint ein Erfolg zu sein."

„Ein großer Erfolg", sagte Grady und kam mit einem strahlenden Pilot zu ihnen. „Ich habe bereits von dem Kritiker der *Times* gehört, dass er damit rechnet, dass Pilot zahlreiche Kunstpreise dafür erhalten wird. Glückwunsch. An euch beide."

Pilot nahm Boh in die Arme und vergrub sein Gesicht in ihrem Haar. „Danke", flüsterte er und seine Stimme war voller Emotionen. „Das ist alles wegen dir."

Boh schüttelte den Kopf. „Nein, Baby, das ist dein Abend."

„Unser Abend", beharrte er und sie kicherte.

„Okay, *unser* Abend." Sie sah auf die Uhr. „Gleich ist es Zeit für meinen Tanz. Ich mache mich besser bereit."

„Ich komme mit."

Boh grinste, denn sie wusste genau, was er wollte, und als sie ihr Ankleidezimmer erreichten, schloss Pilot die Tür ab und nahm sie in seine Arme. Boh grinste ihn an, als er sie küsste. „Bist du in leidenschaftlicher Stimmung, Mr. Scamo?"

„Darauf kannst du wetten."

Sie liebten sich schnell in der engen Garderobe und lachten und feierten dabei. „Mein Gott, ich liebe dich, Boheme Dali."

„Du bist meine Welt, Baby. Meine ganze Welt."

Sie machten sich frisch und Boh zog ihr Kostüm an, ein wunderschönes, fließendes Kleid, das Arden aus der Kompanieschneiderei für sie angefertigt hatte. Es bestand aus Schichten leichter Seide, die während des Tanzens um ihren Körper schwingen würden, und war in verschiedenen Blau- und Grautönen gehalten.

Sie gingen Hand in Hand zu der kleinen Bühne und warteten darauf, dass Quilla Pilot ankündigte. Er sollte eine kurze Rede halten und Bohs Tanz ansagen.

Quilla sprach ein paar Minuten, dann trat Pilot unter großem Applaus auf die Bühne.

„Danke. Vielen Dank. Ich bin überwältigt von den freundlichen Worten und dem Interesse heute Abend. Ich will ehrlich sein. Ich hätte nie gedacht, dass ich noch einmal eine Ausstellung machen würde. In den letzten Jahren habe ich an mir selbst gezweifelt, an meiner Leidenschaft, sogar an meinem Willen, weiterzumachen. Das hat sich vor sechs Wochen geändert, als ich die Frau auf den Fotos traf. In Boheme Dali fand ich Inspiration, Vertrauen, Lebensfreude und Liebe. Wir haben eine echte Partnerschaft, etwas, das ich noch nie hatte. Es ist Boh, der alle Lobpreisungen hier zustehen, und ich freue mich sehr, dass sie eingewilligt hat, für uns zu tanzen. Ich weiß, dass Sie sich alle in sie verlieben werden, so wie ich auch. Meine Damen und Herren, Boheme Dali, Primaballerina."

Bohs Augen waren voller Tränen, als sie zur Bühne ging. „Ich liebe dich", sagte sie zu Pilot, der grinste und ihre Wange küsste.

„Verzaubere sie, Baby. Ich liebe dich auch."

Er verließ die Bühne und Boh nahm ihre Position ein. Sie fühlte keine Nervosität, als sie anfing zu tanzen. Ihre Gedanken waren ganz darauf gerichtet, ihre Gefühle für Pilot in Tanz umzusetzen. Ihr Körper fühlte sich so leicht an, als würde sie schweben, und als sie fertig war, dauerte es einige Sekunden, bis der begeisterte Applaus des Publikums zu ihr durchdrang.

„Wow", sagte Quilla, kam zurück auf die Bühne und umarmte Boh. „Das war so schön, Boh, danke. Einfach unglaublich."

Pilot kam, um Bohs Hand zu ergreifen, und sie gingen zurück in die Garderobe, während sie einander fest ansahen. Als Boh sich wieder umzog, ergriff Pilot ihre Hände.

„Heirate mich", sagte er einfach und seine Augen waren voller Emotionen. „Ich hätte nie gedacht, dass ich das jemals wieder sagen würde. Ich war fest entschlossen, es nicht zu tun. Aber dich zu finden, Boh ... Ich weiß, dass es wahnsinnig schnell ist, und wenn du Nein sagst, schwöre ich, dass es keinen Druck gibt ..."

„Hey, ganz ruhig", sagte Boh mit zitternder Stimme und grinste, so wie damals, als er sie gebeten hatte, bei ihm einzuziehen. „Entspanne dich". Ihre Stimme brach. „Ja", sagte sie und Tränen liefen über ihre Wangen. „Ja, Pilot Scamo, ich will dich heiraten. Natürlich heirate ich dich!"

Er hob sie hoch und wirbelte sie herum, während sie beide in freudiges Gelächter ausbrachen. Schließlich setzte er sie ab. „Du hast mich wirklich zum glücklichsten Mann der Welt gemacht."

„Du mich auch. Ich meine, zur glücklichsten Frau." Boh kicherte und Pilot lachte.

„Bist du sicher?"

„Ja. Ich bin definitiv überglücklich."

Pilot warf seinen Kopf zurück und lachte. „Nein, bist du sicher, dass du einen alten Mann wie mich heiraten willst?"

„So alt bist du nicht. Und ja. Mein Gott, ja, versuche nicht einmal, mich davon abzuhalten."

„Ha, das werde ich sicher nicht versuchen. Wir sind *verlobt*."

Boh küsste ihn und sie gingen zurück zur Party. „Wie erwachsen von uns."

„Nicht wahr?"

Zurück auf der Party erzählten sie Blair und Romana von ihrer Verlobung und beide waren begeistert. „Gott sei Dank", sagte Blair und küsste Bohs Wange. „Ich hatte gehofft, er würde dich nie mehr gehen lassen."

Sie lachten alle und Romana schlug spielerisch auf den Arm ihres Bruders. „Hey, ich habe vorhin vergessen, dir das zu geben. Ein kleines Geschenk für deinen Abend." Sie reichte ihm ein Päckchen und er öffnete es. Darin befand sich ein Einstecktuch, das mit dem Wort *Versager* bestickt war.

Pilot lachte laut, während Romana grinste. „Danke, Schwesterherz." Er steckte es in die Brusttasche seines Anzugs und stellte sicher, dass das gestickte Wort sichtbar war. Boh grinste und schüttelte den Kopf. „In was für eine verrückte Familie heirate ich da ein?"

Blair gab vor, beleidigt zu sein, und lächelte Boh dann an. „Zu spät, du hast Ja gesagt. Komm, lass uns noch etwas Champagner holen. Es ist schließlich ein ganz besonderer Abend."

Die Party dauerte bis spät in die Nacht und Boh sprach mit jedem, der zu ihr kam. Die Anwesenden gratulierten ihr sowohl zu den Bildern als auch zu ihrem Tanz und um ein Uhr morgens war ihr ganz schwindelig. Quilla kam, um sich zu verabschieden. „Ich habe Jakob im Hotel gelassen, damit er sich um die Kinder kümmert, und sie hatten *viel zu viel* Zucker." Sie umarmte Boh. „Nächstes Mal, wenn du in Seattle bist oder wir wieder hier sind, gehen wir zusammen essen, versprochen?"

„Versprochen."

Boh suchte Pilot, um ihm zu sagen, dass sie sich in Quilla verliebt hatte, weil sie wusste, dass es ihn zum Lachen bringen würde, aber sie konnte ihn nicht finden. Sie fragte Grady nach ihm.

„Er musste kurz in sein Atelier zurückkehren, um weitere Aufnahmen für die Galerie zu holen. Keine große Sache. Er hat versucht, dich zu finden, und dann mich gebeten, dir zu sagen, dass er gleich wieder da ist."

„Oh, okay, danke, Grady."

Grady nickte zu der Ausstellung. „Das wird ihn ganz nach oben bringen, weißt du. Wir hatten Anrufe von Galerien auf der ganzen Welt. Maceo hat ihn bereits versprechen lassen, seine Bilder in Venedig und Rom auszustellen."

„Das hat er sich verdient", sagte Boh zärtlich und Grady stieß mit ihr an.

„Das hat er wirklich."

Eine Stunde später konnte Boh Pilot immer noch nicht finden. Sie versuchte, ihn anzurufen, wurde aber direkt zu seiner Mailbox umgeleitet. Blair und Romana wollten sich verabschieden und fanden Boh mit einem Stirnrunzeln vor. „Ist alles in Ordnung?"

„Ich kann Pilot nicht finden." Sie erklärte, wohin er gegangen war.

Romana kaute auf ihrer Unterlippe herum. „Ich bin sicher, er ist hier irgendwo ..." Sie verstummte und schaute an Bohs Schulter vorbei aus dem Fenster der Galerie.

Sowohl Blair als auch Boh drehten sich um und sahen, wie Eugenie draußen stand und sie anstarrte. Etwas Grausames war in ihrem Lächeln, als sie Boh direkt anblickte, und Boh fühlte, wie sich ihr Puls beschleunigte. Was zur Hölle sollte das bedeuten?

„Ms. Dali? Das wurde gerade für Sie hergeschickt." Ein Galerieassistent hielt ihr einen gepolsterten Umschlag hin und Boh nahm ihn entgegen. Sie öffnete ihn, griff hinein und fühlte etwas Klebriges. Sie zog es heraus und keuchte. Blut. Ein blutiges Stück Stoff. Während ihr Herz heftig gegen ihre Brust schlug, drehte sie es um und las das darauf eingestickte Wort.

Versager.

Oh Gott, nein. Sie sah auf, als Eugenie sie angrinste, bevor sie sich umdrehte und in der Nacht verschwand.

„Nein, nein, nein, bitte, nein ..." Boh rannte los. „Ruft 911", schrie sie Blair und Romana zu, die ihr verblüfft nachsahen. „Schickt sie zu Pilots Atelier!"

Dann war sie draußen in der Nacht, rannte durch die Stadt und ignorierte die neugierigen Blicke der Passanten. Sie lief die paar Blocks zum Atelier und riss die Tür auf. „Pilot!"

Boh durchsuchte das Atelier und wusste, was sie finden würde, aber als sie es tat, war sie dennoch nicht darauf vorbereitet. Pilot lag auf dem Bauch, die Arme ausgestreckt, die Augen geschlossen. Trotz der schwarzen Farbe seines Anzugs konnte sie das Blut und die Stichverletzungen in seinem Rücken sehen. Sie ließ sich an seine Seite fallen und drehte ihn um. Er lag in einer Blutlache und sie konnte zunächst nicht sagen, wo genau er verletzt war. Sie lauschte seinem Atem und versuchte, ihr Entsetzen zu lindern. Er atmete kaum.

„Baby, bitte halte durch, bitte, bitte ..." Sie hörte, wie Sirenen näherkamen, und eine Minute später stürmten Romana, Blair und Grady in den Raum, während Boh verzweifelt versuchte, das Blut im Körper ihres Geliebten zu halten.

Sie sah zu ihnen auf und Tränen liefen über ihr Gesicht. „Sie hat ihn niedergestochen ... Sie hat ihn einfach niedergestochen ... nein, nein, bitte, Pilot, stirb nicht, bleib bei mir ... *bleib bei mir* ..."

KAPITEL VIERUNDZWANZIG

Leer.

So fühlte sich Boh, als sie im Angehörigenraum des Krankenhauses wartete. Sie hatte die Blicke der Sanitäter gesehen, als sie darum kämpften, Pilots Leben zu retten – sie verhießen nichts Gutes.

Als sie sein Hemd geöffnet hatten, hatte Boh die Stichverletzungen in seiner Brust gesehen. Zu nah an seinem Herzen. Eugenie war gnadenlos gewesen. Die Polizei suchte jetzt nach der blonden Society-Lady, nachdem sowohl Boh als auch Blair ausgesagt hatten, dass sie keinen Zweifel daran hatten, dass Eugenie die Täterin war. Sie hatte alles geplant – einschließlich des Anrufs in der Galerie, um nach weiteren Aufnahmen zu fragen, da sie wusste, dass Pilot niemand anderen schicken, sondern sie selbst holen würde. Sie hatte auf ihn gewartet und ihn angegriffen. Seine Arme und Hände waren von Schnittwunden übersät. Er hatte offenbar versucht, sich zu verteidigen, aber Eugenie hatte ihn überrascht.

Boh konnte nicht aufhören, sich vorzustellen, wie das Messer in Pilots Rücken sank und seine dämonische Ex-Frau sich auf ihn warf und immer wieder zustach.

Oh Gott, bitte, Pilot ... bitte kämpfe. Kämpfe.

Romana, deren üblicher Überschwang verschwunden war, machte plötzlich mit blassem Gesicht den Fernseher lauter.

„Eine Nacht des Triumphs und des Terrors für den weltbekannten Fotografen Pilot Scamo. Nach dem Erfolg seiner neuen Ausstellung *Boh by Scamo* liegt der Vierzigjährige jetzt im Krankenhaus und kämpft um sein Leben, nachdem er in seinem Atelier niedergestochen wurde. Obwohl die Polizei es noch nicht bestätigt hat, wird vermutet, dass die Ex-Ehefrau von Mr. Scamo, Eugenie Radcliffe-Morgan, dieses schrecklichen Verbrechens verdächtigt wird. Der Angriff ereignete sich eine Woche nachdem Mr. Scamos Muse und angebliche Geliebte, die Balletttänzer Boheme Dali, Berichten zufolge während einer Aufführung verletzt wurde."

„Schalte das bitte aus." Boh legte den Kopf in die Hände und hörte, wie Romana den Fernseher ausmachte. Sie spürte, wie Blair sie umarmte.

„Er wird wieder gesund. Mein Junge weiß, wie man kämpft." Aber sie klang nicht überzeugt. Boh umarmte sie fest.

„Gib mir fünf Minuten mit dieser Schlampe und ich werde dafür sorgen, dass sie nie wieder jemanden verletzt." Boh wusste, dass Romana wütend und verzweifelt war. Sie versuchte, ihre zukünftige Schwägerin anzulächeln.

„Stell dich hinten an", sagte sie.

Sie saßen stundenlang da, dann kam ein Chirurg zu ihnen. Obwohl er sich umgezogen hatte, war ein roter Fleck auf seinem Kittel und Boh konnte ihre Augen nicht davon abwenden. Sein Blut. Pilots Blut. *Oh Gott, ...*

„Wir haben ihn stabilisiert, aber es wird eine lange Genesung werden – wenn er die nächsten Tage überlebt. Das Messer ist in sein Herz eingedrungen, aber wir glauben, dass wir es geschafft haben, den Schaden zu reparieren. Er kämpft, was gut ist, aber ich erwarte, dass er einige Tage bewusstlos sein wird."

Er setzte sich neben sie. „Das ist gut – es gibt seinem Körper die Chance, sich zu erholen. Er ist in einem guten physischen Zustand, hat das richtige Gewicht für sein Alter und ist offensichtlich fit. Das ist alles positiv, aber wir sollten trotzdem wachsam bleiben. Seine Verletzungen sind ernst und er bleibt ein kritischer Patient."

„Können wir ihn sehen?"

Der Arzt tätschelte Bohs Hand. „Würden Sie sich aufregen, wenn ich Sie bitten würde, sich noch ein oder zwei Stunden zu gedulden? Dann können Sie alle bei ihm sitzen."

„Danke, Doktor." Bair nickte ihm zu und Romana schüttelte ihm die Hand.

DIE DREI FRAUEN durften Pilot anderthalb Stunden später sehen. Blair und Romana saßen auf einer Seite, während Boh auf der anderen saß und seine Hand hielt. Er lag bewegungslos da und seine dunklen Locken wirkten leblos auf seiner Haut, die normalerweise gebräunt, jetzt aber blass und fahl aussah. Dunkelviolette Schatten waren unter seinen Augen. Boh beugte sich vor und küsste seine kühlen Lippen. „Ich liebe dich", flüsterte sie, „bitte komm zu mir zurück."

NACH ZWEI TAGEN schickte Blair Boh nach Hause, um zu duschen und zu schlafen. „Ich rufe dich an, sobald etwas passiert", versprach sie, als sie Boh in ein Taxi schob.

Zu Hause spürte Boh schmerzlich die Stille in ihrer Wohnung. Die Leere in ihrem Inneren überwältigte sie, und sie brach zusammen und weinte auf dem Boden des Wohnzimmers all ihren Schmerz heraus. Als sich ihr Schluchzen endlich beruhigte, fiel sie in einen unruhigen, erschöpften Schlaf.

Ein paar Stunden später wachte sie auf, schleppte ihren

schmerzenden Körper in die Dusche und blieb lange unter dem heißen Wasser stehen. Sie hatte kaum etwas zu sich genommen, seit Pilot niedergestochen worden war, und jetzt hatte sie das Bedürfnis, etwas zu essen. In den nächsten Monaten würde sie für Pilot stark sein müssen.

Sie überprüfte ihre Mailbox und hörte die Stimmen ihrer Freunde, die nach Pilot fragten und sagten, wie leid ihnen der Vorfall tat. Sie würde sie später zurückrufen – es würde sie davon ablenken, ständig Pilot anzustarren. Es war die Hölle, ihn zu betrachten, ohne in der Lage zu sein, mit ihm zu sprechen, wenn sie wusste, dass er litt. Sie wollte seinen Schmerz in sich aufnehmen und ihn davor retten.

Ihr Handy klingelte, während sie sich Rührei machte, und sie ergriff es und hoffte, entweder Blairs oder Romanas Namen auf dem Bildschirm zu sehen.

„Ms. Dali?"

„Ja?"

„Jack Grissom, Detective beim NYPD." Es war der Detective, der zum Tatort gekommen war – er war freundlich und höflich gewesen.

„Hi..." Ihr Herz begann, schneller zu schlagen. „Detective, sagen Sie mir, dass es gute Neuigkeiten gibt."

„Wir haben sie. Wir haben Eugenie Radcliffe-Morgan."

Die Erleichterung war überwältigend und Boh versuchte, ihre Hände am Zittern zu hindern. „Gibt sie zu, Pilot niedergestochen zu haben?"

„Sie hat einen Anwalt und redet überhaupt nicht – aber ihre Hände sind mit Schnittwunden bedeckt. Sie ist definitiv schuldig. Wir haben sie davon abgehalten, das Land zu verlassen. Ihr Privatjet wartete bereits in Teterboro. Sie war arrogant genug zu denken, wir würden es nicht bemerken." Er klang so wütend, wie Boh sich fühlte.

„Ich möchte mit ihr reden."

„Das kann ich leider nicht zulassen, nicht während sie befragt wird. Wir werden sie anklagen und Untersuchungshaft veranlassen. Sie können sie im Gefängnis besuchen, aber ich kann nicht garantieren, dass sie einem Treffen mit Ihnen zustimmen wird."

„Wird sie auf Kaution freikommen?"

„Nicht, wenn ich es verhindern kann. Sie hat bereits bewiesen, dass Fluchtgefahr besteht, und angesichts ihrer Verbrechen ... Wir glauben, dass sie auch den Mord an Serena Carver arrangiert hat. Die beiden haben zusammengearbeitet."

Die Erkenntnis war kein Schock für Boh. „Das überrascht mich nicht." Sie sprach noch ein wenig länger mit dem Detective und dankte ihm.

Dann ging sie durch die Wohnung, während ihre Gedanken herumwirbelten. Wollte sie diese Schlampe überhaupt sehen? Alles, was sie wollte, war, die Hände um Eugenies Hals zu legen und zuzudrücken ... nein. *Im Gegensatz zu dir, Genie*, dachte sie, *könnte ich niemanden töten, nicht einmal dich.*

Boh zuckte zusammen, als jemand an ihre Tür klopfte, und als sie sie aufriss, stand Romana davor, die atemlos und gerötet vom Laufen war. Bohs Herz setzte einen Schlag aus und Romana ergriff ihre Hand.

„Du musst sofort kommen", sagte sie keuchend. „Er ist aufgewacht."

KAPITEL FÜNFUNDZWANZIG

Als Pilot ihr Gesicht sah, war es wie ein Schuss reinen Morphiums durch seinen schmerzenden Körper. „Hallo, schönes Mädchen."

Bohs Gesicht war tränennass, als sie ihn küsste. „Pilot, Pilot ..." Sie schien an ihren Worten zu ersticken und begann zu weinen.

„Hey, es geht mir gut." Die Schläuche in seinen Armen hinderten ihn daran, sie zu umarmen, aber er schaffte es, ihren Kopf zu streicheln. „Es ist okay, Baby, wirklich."

Boh riss sich zusammen und drückte seine Hände. „Tut mir leid ... Wie fühlst du dich?"

„Ein bisschen erschöpft, aber sonst in Ordnung. Ich nehme an, das sind die Medikamente." Er grinste sie an. „Mein Gott, du bist noch schöner als bei unserer letzten Begegnung."

„Das müssen wirklich die Medikamente sein", sagte sie kichernd und wischte sich das Gesicht ab. Sie strich ihm die Haare aus der Stirn und ihr Lächeln verblasste. „Pilot ... war sie es? War es Eugenie?"

Er nickte. „Ja. Warum habe ich das nicht kommen sehen?"

„Keiner von uns hat das getan. Die Polizei hat sie verhaftet und ist ziemlich sicher, dass sie schuldig ist und verurteilt werden wird. Sie wird versuchen, einen Deal auszuhandeln, aber der Detective sagt, dass sie ihre gerechte Strafe bekommen wird."

Pilot nickte. „Okay. Gut." Er seufzte. „Vielleicht können wir dann endlich glauben, dass es vorbei ist."

„Das hoffe ich, Baby."

Pilot winkte sie zu sich, damit er ihre Lippen küssen konnte. „Sobald ich hier rauskomme, heirate ich dich, Boheme Dali. Ich kann es kaum erwarten, unser gemeinsames Leben zu beginnen."

„Ich auch ... und ich muss dir etwas sagen."

Pilot sah suchend in ihre Augen. „Was?"

Boh hatte Tränen in den Augen. „Ich weiß nicht, wie es passiert ist. Wir haben immer Kondome benutzt, aber ... ich bin schwanger."

Ein Lächeln breitete sich auf Pilots schönem Gesicht aus. „Mein Gott ... wenn das nicht Schicksal ist."

„Ich weiß. Als ich heute Morgen den Test gemacht habe, konnte ich es selbst nicht glauben, aber jetzt ... es ist ein Zeichen, Pilot."

„Ich liebe dich so sehr, Boheme, und ich warte sehnsüchtig darauf, dass unser Kind geboren wird."

Boh begann, gleichzeitig zu lachen und zu weinen. „Sechs Wochen. Sechs Wochen und unser Leben hat sich völlig verändert. Und trotz allem ... bin ich so glücklich, Pilot. Bitte werde schnell wieder gesund ..."

Pilot griff nach ihr und sie sank vorsichtig in seine Arme, um ihm nicht wehzutun. „Von jetzt an", sagte er, als seine Lippen wieder ihre fanden, „von jetzt an, Boh, wird alles gut werden."

„Versprochen?"

Er lächelte sie an. „Versprochen ..." Und er küsste sie und wusste, dass dies der erste Moment ihres restlichen Lebens war ...

Ende

MELDE DICH AN, UM KOSTENLOSE BÜCHER ZU ERHALTEN

Möchtest Du gern Inspiriert und andere Liebesromane kostenlos lesen?

Tragen Sie sich für den Michelle L. Newsletter ein und erhalten Sie ein KOSTENLOSES Buch exklusiv für Abonnenten indem Du diesen Link in deinem Browser eingibst:

https://BookHip.com/DGKWKF

Inspiriert: Ein Navy SEAL Liebesroman

Inspiration kann so befriedigend sein …

Sobald diese Traumerscheinung aus dem Auto ausstieg, wusste ich, dass ich sie haben könnte, wie ich mir das vorgestellt hatte.

Volle Titten, ein runder Arsch und Hüften, an denen ein Mann sich festhalten konnte, machten sie perfekt für meine Vorhaben.

Sie hatte keine Ahnung, was gleich mit ihr passieren würde. Ich würde sie zu dem machen, was ich brauchte – meiner

Therapie. Dann könnte ich den Kopf freibekommen und wäre wieder produktiv.

Sie dachte, dass sie gekommen wäre, um einen amerikanischen Helden zu interviewen, aber in Wirklichkeit war sie für mich da. Ich musste sie ficken, bis ich wieder einen klaren Kopf hatte.

Ich verschwendete keine Zeit damit, ihre Fragen zu beantworten und fragte sie dann gleich ein paar von meinen eigenen, zum Beispiel, ob sie gerne eine bisschen mein Gesicht reiten würde...

https://BookHip.com/DGKWKF

Du erhältst ebenso KOSTENLOSE Romanzen-Hörbücher, wenn Du Dich anmeldest

© Copyright 2020 Michelle L. Verlag - Alle Rechte vorbehalten.
Das Werk, einschließlich aller seiner Teile, ist urheberrechtlich geschützt. Jede Verwertung ist ohne Zustimmung des Verlages und des Autors unzulässig. Dies gilt insbesondere für die elektronische oder sonstige Vervielfältigung. Alle Rechte vorbehalten.
Der Autor behält alle Rechte, die nicht an den Verlag übertragen wurden.

❦ Erstellt mit Vellum

www.ingramcontent.com/pod-product-compliance
Lightning Source LLC
LaVergne TN
LVHW021715060526
838200LV00050B/2671